Inhalt

Das Buch

Mit dem Brand des riesigen Herrenhauses inmitten der Wüsteneinsamkeit beginnt der Leidensweg der kaum vierzehnjährigen elternlosen Eréndira. Der Großmutter mit Leib und Seele ausgeliefert, wird sie von ihr fortan zur Prostitution gezwungen, um Peso für Peso ihre Schuld zu tilgen. Das ungleiche Paar zieht von Dorf zu Dorf, vor dem Bordell-Zelt stehen die Männer Schlange, und der Platz ringsum gleicht einem Volksfest. Eréndiras Schicksal scheint für immer besiegelt ... Mythos und Realität sind in den Erzählungen von Gabriel García Márquez eng miteinander verknüpft. Hier drängt, schrieb Dieter E. Zimmer in der ›Zeit‹, »das phantastische Element in den Vordergrund. Alle Geschichten spielen in weltabgeschiedenen Flecken der Karibik, irgendwo zwischen Meer und Wüste; in allen machen Wunder und Ereignisse, die sich wie Wunder ausnehmen, das gewöhnliche Elend bewußt.«

Der Autor

Gabriel García Márquez, am 6. März 1928 in Aracataca (Kolumbien) geboren, schrieb zunächst Filmdrehbücher, dann Erzählungen, Romane und Reportagen. 1982 erhielt er den Nobelpreis für Literatur. Einige Werke: ›Laubsturm‹ (1955), ›Der Oberst hat niemand, der ihm schreibt‹ (1961), ›Hundert Jahre Einsamkeit‹ (1967), ›Die böse Stunde‹ (1974), ›Der Herbst des Patriarchen‹ (1977), ›Chronik eines angekündigten Todes‹ (1981), ›Bericht eines Schiffbrüchigen‹, ›Die Geiselnahme‹ (1982), ›Die Liebe in den Zeiten der Cholera‹ (1985), ›Der General in seinem Labyrinth‹ (1989).

Ein sehr alter Herr mit riesengroßen Flügeln

Am dritten Regentag hatten sie im Innern des Hauses so viele Krebse getötet, daß Pelayo durch seinen überschwemmten Hinterhof waten mußte, um sie ins Meer zu werfen, denn das Neugeborene hatte die ganze Nacht gefiebert, und man glaubte, der Pestgestank sei daran schuld. Die Welt war trostlos seit Dienstag. Der Himmel und das Meer waren ein einziges Aschgrau, und der Sand des Strandes, der im März funkelte wie Glutstaub, hatte sich in einen Brei aus Schlamm und verfaulten Seemuscheln verwandelt. Das Licht war so fahl am Mittag, daß Pelayo, nachdem er die Krebse fortgeworfen hatte, beim Heimkehren nur mit Mühe wahrnahm, was sich da hinten im Hof bewegte und jammerte. Er mußte ganz nahe herantreten, um zu entdecken, daß es ein alter Mann war, der mit dem Gesicht im Schlamm lag und sich trotz großer Anstrengungen nicht aufrichten konnte, weil ihn seine riesengroßen Flügel daran hinderten.

Erschreckt von diesem Alptraum, lief Pelayo zu Elisenda, seiner Frau, die gerade dem kranken Kind Umschläge machte, und führte sie in die Tiefe des Hofs. Beide beobachteten den gefallenen Körper mit stummer Bestürzung. Er war gekleidet wie ein Lumpensammler. Auf dem Kahlkopf waren ihm nur ein paar verblichene Strähnen, im Mund nur wenige Zähne erhalten geblieben, und sein beklagenswerter Zustand eines durchnäßten Urgroßvaters hatte ihn aller Größe beraubt. Seine großen Aasgeierflügel, schmutzig und zerrupft, lagen für immer gestrandet im Schlamm. Pelayo und Elisenda betrachteten ihn so lange und so aufmerksam, daß sie sich sehr rasch von ihrer Verblüffung erholten und er ihnen schließlich ganz vertraut vorkam. Sie wagten ihn anzusprechen, und er antwortete in unverständlicher Mundart, aber mit kräftiger Seemannsstimme. So kam es, daß sie das Unschickliche der Flügel übersahen und vernünftig folgerten, er sei ein einsamer Schiffbrüchiger irgendeines im Sturm verschollenen ausländischen Schiffes. Trotzdem riefen sie eine Nachbarin, die alle Dinge des Lebens und des Todes kannte, damit diese ihn sich ansah, und ihr genügte ein Blick, um die beiden über ihren Irrtum aufzuklären.

»Es ist ein Engel«, sagte sie. »Er ist sicherlich wegen des Kindes gekommen, aber der Ärmste ist so alt, daß der Regen ihn zu Fall gebracht hat.«

Am nächsten Tag wußte alle Welt, daß in Pelayos Haus ein Engel aus Fleisch und Blut gefangen lag. In Anbetracht des Urteilsspruchs der weisen Nachbarin, für welche die Engel dieser Zeiten flüchtige Überlebende einer himmlischen Verschwörung waren, hatten sie nicht das Herz gehabt, ihn mit Stockschlägen zu töten. Pelayo, bewaffnet mit seinem Polizeidienerknüppel, überwachte ihn den ganzen Nachmittag von der Küche aus, und bevor er zu Bett ging, zerrte er ihn aus dem Schlamm und sperrte ihn zu den Hühnern in das drahtvergitterte Hühnergatter. Um Mitternacht, als der Regen aufhörte, töteten Pelayo und Elisenda noch immer Krebse. Kurz darauf erwachte das Kind, fieberfrei und eßlustig. Nun fühlten sie sich großmütig und beschlossen, den Engel auf ein Floß zu setzen, mit Trinkwasser und Proviant für drei Tage, um ihn auf hoher See seinem Los zu überlassen. Doch als sie beim ersten Frühlicht in den Hinterhof hinaustraten, fanden sie die gesamte Nachbarschaft vor dem Hühnergatter versammelt, wo diese ohne die geringste Ehrerbietung mit dem Engel Schabernack trieb und ihm Eßbares durch die Löcher des Drahtgeflechts zuwarf, als sei er kein übernatürliches Geschöpf, sondern ein Zirkustier.

Pater Gonzaga, erschrocken über die außergewöhnliche Nachricht, traf bereits vor sieben ein. Zu dieser Stunde kamen weniger leichtfertige Neugierige als die im Morgengrauen erschienenen und stellten allerhand Mutmaßungen über die Zukunft des Gefangenen an. Die Einfältigsten dachten, er würde zum Weltbürgermeister ernannt. Andere, die rauher veranlagt waren, vermuteten, er würde zum Fünf-Sterne-General befördert werden, um alle Kriege zu gewinnen. Einige Seher hofften, er würde als Zuchttier aufbewahrt, damit auf der Erde eine Gattung geflügelter weiser Männer die Führung des Weltalls übernahm. Doch bevor Pater Gonzaga Pfarrer wurde, war er ein handfester Holzfäller gewesen. Am Drahtzaun stehend, befragte er einen Augenblick lang sein Brevier und bat noch, man möge ihm die Tür öffnen, damit er aus der Nähe das jämmerliche Mannsbild prüfen könne, das zwischen all den verstörten Hühnern wie ein riesiges altersschwaches Huhn aussah. Er lag in einem Winkel und trocknete die ausgebreiteten Flügel an der Sonne zwischen Obstschalen und den Resten des Frühstücks, das die Frühaufsteher ihm zugeworfen hatten. Gegen weltliche Unverschämtheiten gefeit, hob er kaum seine Antiquarsaugen und murmelte etwas in seiner Mundart, als Pater Gonzaga den Hühnerstall betrat und ihm auf lateinisch einen guten Morgen wünschte. Der Gemeindepfarrer argwöhnte zum erstenmal Betrug, als er feststellte, daß jener weder die Sprache Gottes verstand noch wußte, wie man Seine Diener begrüßt. Dann bemerkte er, daß der Fremde aus der Nähe nur zu menschlich war: Er roch unerträglich nach Wind und Wetter, die Unterseite seiner Flügel war besät mit Schmarotzeralgen, und die Hauptfedern waren von irdischen Winden mißhandelt, nichts von seiner elenden Natur stand im Einklang mit der erhabenen Würde der Engel. Pater Gonzaga verließ den Hühnerstall und warnte die Gaffer in einer kurzen Predigt vor den Gefahren der Einfalt. Er erinnerte sie daran, daß der Teufel die schlechte Angewohnheit hat, mit Karnevalskunst die Arglosen zu verwirren. Er wies nach, daß Flügel nicht den wesentlichen Unterschied zwischen einem Falken und einem Flugzeug ausmachen, und dennoch zu erkennen ist, daß es keine Engel sind. Übrigens versprach er einen Brief an seinen Bischof zu schreiben, damit dieser einen an seinen Vorgesetzten und dieser seinerseits an den Papst schreiben könne, damit der endgültige Schiedsspruch von der allerhöchsten Instanz käme.

Seine Ermahnung fiel nicht in fruchtbare Herzen. Die Nachricht vom gefangenen Engel verbreitete sich mit solcher Schnelligkeit, daß nach wenigen Stunden Marktgeschrei den Hinterhof füllte, so daß ein Trupp mit aufgepflanzten Bajonetten gerufen werden mußte, um den Menschenauflauf auseinanderzuscheuchen, der nahe daran war, das Haus einzureißen. Elisenda, die vom unablässigen Fortfegen der Marktabfälle einen krummen Rücken bekommen hatte, kam auf die gute Idee, den Hinterhof abzusperren und für die Besichtigung des Engels fünf Centavos Eintritt zu verlangen.

Es kamen Neugierige bis aus Martinique. Es kam ein fahrender Jahrmarkt mit einem fliegenden Akrobaten, der mehrmals über die Menge hinsummte, doch niemand achtete auf ihn, denn seine Flügel waren nicht die eines Engels, sondern die einer siderischen Fledermaus. Es kamen auf der Suche nach Heilung die unglücklichsten Kranken der Karibik: eine arme Frau, die seit ihrer Kindheit die Schläge ihres Herzens zählte und der die Zahlen ausgegangen waren, ein Jamaikaner, der nicht schlafen konnte, weil ihn der Lärm der Sterne quälte, ein Schlafwandler, der nachts aufstand und die Dinge zunichte machte, die er im wachen Zustand hergestellt hatte, und viele andere weniger schwere Fälle. Inmitten dieses schiffbruchartigen Aufruhrs, der die Erde erbeben ließ, waren Pelayo und Elisenda glücklich vor Erschöpfung, denn in weniger als einer Woche stopften sie die Schlafzimmer mit Geld voll, und noch immer reichte die Schlange der Pilger, die auf Eintritt harrten, bis zur anderen Seite des Horizonts. Der Engel war der einzige, der an seinem eigenen Ereignis nicht teilnahm. Die Zeit verging ihm, während er, benommen von der Höllenhitze der Öllampen und Opferkerzen, die sie längs des Drahtgitters für ihn aufstellten, in seinem geliehenen Nest Bequemlichkeit suchte. Anfangs versuchten sie ihn zum Essen von Mottenkugeln zu bewegen, die der Weisheit der weisen Nachbarin zufolge die besondere Nahrung der Engel waren. Er jedoch verschmähte sie, wie er, ohne sie zu kosten, auch die päpstlichen Mittagessen verschmähte, welche die Bußfertigen ihm brachten, und man erfuhr nie, ob er, weil Engel oder weil Greis, nichts anderes aß als Auberginenbrei. Seine einzige übernatürliche Tugend schien die Geduld zu sein. Vor allem in der ersten Zeit, als die Hühner nach ihm pickten auf der Suche nach Sternschmarotzern, die in seinen Flügeln wimmelten, und die Krüppel ihm Federn ausrissen, um ihre Gebresten damit zu bestreichen, und sogar die Barmherzigsten Steine nach ihm warfen, um ihn zum Aufstehen zu bewegen, damit sie seinen ganzen Körper sehen konnten. Ein einziges Mal brachten sie ihn aus der Ruhe, als sie seinen Rücken mit einem Brenneisen für Jungstiere sengten, weil er so viele Stunden reglos dagelegen hatte, daß sie ihn schon tot glaubten. Erschreckt fuhr er auf und belferte in seiner unverständlichen Sprache mit tränenblinden Augen und schlug ein paar Mal mit den Flügeln, wirbelte dabei Hühnermist und Mondstaub auf und verursachte ein panisches Gestürm, das nicht von dieser Welt war. Wenngleich viele glaubten, seine Reaktion sei nicht Zorn, sondern Schmerz gewesen, so hüteten sie sich fortan, ihn zu belästigen, weil die Mehrheit begriffen hatte, daß seine Teilnahmslosigkeit nicht die eines Helden im Genuß schöner Muße war, sondern die einer zur Ruhe gegangenen Sintflut.

Pater Gonzaga bot der leichtfertigen Menge mit Formeln häuslicher Erleuchtung die Stirn, solange ein abschließendes Urteil über die Natur des Gefangenen ausstand. Denn die Post aus Rom hatte die Dringlichkeit der Angelegenheit vergessen. So vertrieben sie sich die Zeit damit zu prüfen, ob der Gefangene einen Nabel besaß, ob seine Mundart etwas mit dem Aramäischen zu tun hatte, wie viele Male er auf eine Nadelspitze paßte oder ob er nicht schlichtweg ein Norweger mit Flügeln sei. Jene seltenen Briefe wären wohl bis ans Ende der Jahrhunderte hin- und hergegangen, hätte nicht ein Ereignis der Vorsehung den Anfechtungen des Gemeindepfarrers ein Ende gesetzt.

In jenen Tagen geschah es nämlich, daß unter vielen anderen Attraktionen der karibischen Wanderjahrmärkte im Dorf ein Monstrum von Frau zu sehen war, die wegen Ungehorsams ihren Eltern gegenüber in eine Spinne verwandelt worden war. Der Eintrittspreis für ihre Besichtigung war nicht nur geringer als der für den Engel, es war auch erlaubt, ihr jede Art von Fragen über ihre absonderliche Beschaffenheit zu stellen und sie von vorne und hinten zu untersuchen, so daß niemand die Wahrheit des Entsetzlichen bezweifeln konnte. Sie war eine ungeheure Tarantel von der Größe eines Hammels und mit dem Kopf einer traurigen Jungfer. Aber nicht ihr aberwitziges Aussehen war das Herzzerreißendste, sondern die ernste Kümmernis, mit der sie die Einzelheiten ihres Mißgeschicks erzählte. Fast noch ein Kind, hatte sie sich aus ihrem Elternhaus auf einen Ball gestohlen, und als sie durch den Wald heimkehrte, nachdem sie die ganze Nacht ohne

Erlaubnis getanzt hatte, riß ein fürchterlicher Donnerschlag den Himmel in zwei Hälften, und durch diese Spalte stieß der Schwefelblitz herab, der sie in eine Spinne verwandelte. Ihre einzige Nahrung waren Fleischbällchen, die mildtätige Seelen ihr in den Mund stopften. Eine solche Erscheinung, beladen mit so viel menschlicher Wahrheit und derart abschreckender Beispielhaftigkeit, mußte ungewollt die eines hochmütigen Engels übertrumpfen, der sich kaum dazu herabließ, die Sterblichen anzublicken. Überdies offenbarten die dem Engel zugeschriebenen kümmerlichen Wunder eine gewisse geistige Verwirrung, wie Wunder an dem Blinden, der zwar nicht sein Augenlicht wiedergewann, dem aber drei neue Zähne wuchsen, oder das an dem Lahmen, der zwar nicht wieder gehen konnte, aber drauf und dran war, in der Lotterie zu gewinnen, und das am Aussätzigen, in dessen Schwären Sonnenblumen sprossen. Diese Trostwunder, die eher wie spöttische Kurzweil wirkten, hatten dem Leumund des Engels bereits geschadet, als die in eine Spinne verwandelte Frau ihn gänzlich vernichtete. So wurde Pater Gonzaga auf immer von der Schlaflosigkeit geheilt, und Pelayos Hinterhof wurde wieder so einsam wie zu der Zeit, als es drei Tage lang geregnet hatte und die Krebse durch die Schlafzimmer liefen.

Die Hausbesitzer hatten keinen Grund zur Klage. Mit dem eingenommenen Geld bauten sie ein zweistöckiges Herrenhaus mit Balkonen und Gärten und sehr hohen Netzen gegen die Krebse im Winter und mit Eisengittern vor den Fenstern, damit keine Engel eindringen konnten. Pelayo eröffnete in nächster Nähe des Dorfs eine Kaninchenzucht und verzichtete für immer auf seine armselige Stellung als Polizeidiener, und Elisenda kaufte sich hochhackige Satinschuhe und viele Kleider aus schillernder Seide, wie sie die begehrtesten Damen in jenen Zeiten an Sonntagen trugen.

Nur der Hühnerstall bekam keine Aufmerksamkeit geschenkt. Wenn sie ihn gelegentlich mit Kreolin auswuschen und in seinem Innern Myrrhenharztränen verbrannten, so nicht zu Ehren des Engels, sondern um den Pestgestank des Misthaufens zu vertreiben, der schon wie ein Gespenst auswucherte und das neue Haus in ein altes verwandelte. Anfangs, als das Kind gehen lernte, taten sie alles, damit es nicht in die Nähe des Hühnergatters geriet. Doch bald vergaßen sie ihre Befürchtungen und gewöhnten sich an den Pesthauch, und bevor das Kind die zweiten Zähne bekam, war es bereits zum Spielen in den Hühnerstall gekrochen, dessen vermodertes Drahtgeflecht zerfiel. Der Engel verhielt sich dem Kleinen gegenüber nicht weniger ablehnend als dem Rest der Sterblichen gegenüber, ertrug jedoch die erfinderischsten Niederträchtigkeiten mit der Langmut eines illusionslosen Hundes. Beide bekamen gleichzeitig Windpocken. Der Arzt, der den Kleinen behandelte, widerstand nicht der Versuchung, den Engel zu auskultieren und fand soviel Gepfeife im Herzen und so viele Geräusche in den Nieren, daß dieser seiner Meinung nach unmöglich noch am Leben sein konnte. Was ihn überdies verblüffte, war die Logik der Flügel. Sie erwiesen sich in diesem völlig menschlichen Organismus als so natürlich, daß man nicht begreifen konnte, warum andere Menschen nicht auch welche besaßen.

Als der Knabe zur Schule ging, hatten Sonne und Regen den Hühnerstall längst vernichtet. Der Engel schleppte sich wie ein herrenloser Sterbender hierhin und dorthin. Fegten sie ihn aus dem Schlafzimmer heraus, fanden sie ihn einen Augenblick später in der Küche wieder. Er schien an so vielen Orten gleichzeitig zu sein, daß sie auf den Gedanken kamen, er habe sich vervielfältigt, er wiederhole sich selbst über das ganze Haus hin, und die verbitterte Elisenda schrie außer sich, es sei ein Verhängnis, in dieser von Engeln gefüllten Hölle zu leben. Er konnte kaum mehr essen, seine Antiquarsaugen waren so trüb geworden, daß er gegen die Balken stieß, und nur die kahlen Schäfte seiner letzten Federn waren ihm geblieben. Pelayo warf ihm eine Decke über und ließ ihn mildtätig im Schuppen schlafen, und da merkten sie erst, daß er nachts fieberte und in zungenbrecherischem Altnorwegisch delirierte. Das war eines der seltenen Male, daß sie sich beunruhigten, weil sie dachten, er würde sterben, und nicht einmal die weise Nachbarin hatte ihnen sagen können, was man mit toten Engeln machte.

Er jedoch überlebte nicht nur seinen schlimmsten Winter, sondern wirkte bei den ersten Sonnenstrahlen auch viel munterer. Reglos verharrte er viele Tage im entlegensten Winkel des Hinterhofs, wo niemand ihn sah, und Anfang Dezember begannen an seinen Flügeln etliche große harte Federn zu wachsen, Vogelscheuchenfedern, die freilich eher wie neue widerwärtige Anzeichen von Altersschwäche wirkten. Er indes mußte den Grund für diese Veränderungen kennen, denn er wachte eifrig darüber, daß niemand sie bemerkte und daß niemand die Seemannslieder hörte, die er bisweilen unter den Sternen sang. Eines Morgens schnitt Elisenda für das Mittagessen Zwiebeln in Scheiben, als ein Windzug, der von der hohen See zu kommen schien, durch die Küche blies. Sie trat ans Fenster und überraschte den Engel bei seinen ersten Flugversuchen. Sie waren so schwerfällig, daß er mit seinen Fingernägeln eine Pflugspur im Gemüsebeet aufwarf und nahe daran war, den Schuppen mit den Schlägen seiner unwürdigen Flügel einzureißen, die im Licht ausglitten und keinen Halt in der Luft fanden. Doch dann gewann er an Höhe. Elisenda tat einen erleichterten Seufzer, ihretwegen und seinetwegen, als sie ihn über die letzten Häuser entschweben sah, wo er sich mit dem unheilvollen Geflatter eines altersschwachen Aasgeiers notdürftig in der Luft hielt. Sie blickte ihm nach, als sie ihre letzten Zwiebeln aufgeschnitten hatte, und sie blickte ihm immer noch nach, als er nicht mehr zu sehen war, denn nun war er keine Last mehr in ihrem Leben und nur noch ein imaginärer Punkt am Horizont des Meers.

Das Meer der verlorenen Zeit

Gegen Ende Januar wurde das Meer wieder rauh, begann das Dorf mit einem Haufen Unrat zu überschütten, und wenige Wochen später war von der unerträglichen Laune des Meeres alles vergiftet. Danach blieb die Welt sinnlos, zumindest bis zum nächsten Dezember, und niemand war nach acht Uhr noch wach. Doch in dem Jahr, als Señor Herbert kam, erzürnte sich das Meer nicht, nicht einmal im Februar. Im Gegenteil, es wurde immer glatter und schillernder und verströmte in den ersten Märznächten Rosenduft.

Tobias roch ihn. Die Krebse fanden sein Blut süß, und so verbrachte er den größten Teil der Nacht damit, sie aus dem Bett zu verscheuchen, bis der Wind umsprang und er einschlief. Lange Schlaflosigkeit hatte ihn gelehrt, jeden Luftwechsel zu unterscheiden. Als Tobias daher Rosenduft roch, brauchte er nur die Tür zu öffnen, um zu wissen, daß es der Duft des Meeres war.

Er stand spät auf. Clotilde machte gerade Feuer im Innenhof. Die Brise war frisch, und alle Sterne waren auf ihren Posten, doch wegen der Lichter des Meeres kostete es Mühe, sie bis zum Horizont zu zählen. Nach dem Kaffee fühlte Tobias noch die Nacht auf dem Gaumen.

»Heute nacht«, erinnerte er sich, »passierte etwas Seltsames.«

Clotilde hatte natürlich nichts gemerkt. Sie hatte einen so tiefen Schlaf, daß sie sich nicht einmal an ihre Träume erinnerte.

»Es war ein Duft von Rosen«, sagte Tobias, »und ich bin sicher, er kam vom Meer.«

»Ich weiß nicht, wonach Rosen riechen«, sagte Clotilde.

Vielleicht hatte sie recht. Das Dorf war ausgedörrt, sein harter Boden war von Salpeter zerrissen, und nur dann und wann brachte jemand von irgendwoher einen Blumenstrauß, um ihn an der Stelle, wo die Toten dem Wasser übergeben wurden, ins Meer zu werfen.

»Es ist der gleiche Duft, den der Ertrunkene von Guacamayal hatte«, sagte Tobias.

»Gut«, lächelte Clotilde, »wenn es also ein guter Geruch war, kannst du sicher sein, daß er nicht von diesem Meer kam.«

Es war tatsächlich ein grausames Meer. Zu gewissen Zeiten blieben die Dorfstraßen mit toten Fischen bedeckt, wenn die Flut zurücklief, während die Netze nichts als schwimmenden Unrat mit sich schleppten. Dynamit brachte nur die Überreste uralter Schiffbrüche an die Oberfläche. Die wenigen Frauen, die im Dorf geblieben waren wie Clotilde, verzehrten sich vor Rachelust. Und wie diese brachte die Frau des alten Jakob, die an jenem Morgen früher als gewöhnlich aufgestanden war, das Haus in Ordnung und kam mit widerwilligem Gesichtsausdruck zum Frühstück.

»Mein letzter Wille«, sagte sie zu ihrem Mann, »ist, lebendig begraben zu werden.«

Sie sagte es, als läge sie auf dem Totenbett, und dennoch saß sie am äußersten Ende des Tisches im Eßzimmer mit den großen Fenstern, von wo die Helligkeit des März sich in Strömen durchs ganze Haus ergoß. Vor ihr, seinen ausgeruhten Hunger schürend, thronte der alte Jakob, ein Mann, der sie so sehr und seit so langer Zeit liebte, daß er sich kein Leiden vorstellen konnte, das seinen Ursprung nicht in seiner Frau gehabt hätte.

»Ich will mit der Gewißheit sterben, daß man mich unter die Erde bringt wie anständige Leute«, fuhr sie fort. »Und um es genau zu wissen, gehe ich weg und bitte um die Nächstenliebe, mich lebendig zu begraben.

»Du brauchst niemanden zu bitten«, sagte seelenruhig der alte Jakob. »Ich werde es selbst tun.«

»Dann laß uns gehen«, sagte sie, »denn ich sterbe bald.«

Der alte Jakob musterte sie gründlich. Nur ihre Augen waren jung geblieben, an den Gelenken ihrer Knochen waren Knoten, und sie hatte das Aussehen von seidiger Erde, das sie schließlich und endlich immer gehabt hatte.

»Dir geht es besser denn je«, sagte er.

»Heute nacht«, seufzte sie, »roch ich Rosenduft.«

»Mach dir keine Sorgen«, beruhigte sie der alte Jakob. »Das sind Dinge, die armen Leuten wie uns widerfahren.«

»Nichts dergleichen«, sagte sie. »Ich habe immer gebetet, der Tod möge mir rechtzeitig angekündigt werden, damit ich fern von diesem Meer sterben kann. Rosenduft in diesem Dorf kann nicht ohne eine Ankündigung Gottes bleiben.«

Dem alten Jakob fiel nichts anderes ein, als sie um ein wenig Zeit für die Regelung aller Angelegenheiten zu bitten. Er hatte sagen hören, die Menschen stürben nicht, wann sie sollten, sondern wann sie wollten, daher war er wegen der Vorahnung seiner Frau ernsthaft besorgt. Er fragte sich sogar, ob er im gegebenen Augenblick tapfer genug sein würde, sie lebendig zu begraben.

Um neun öffnete er das Lokal, das früher ein Laden gewesen war. Stellte zwei Stühle und ein Tischchen mit dem Damebrett in die Tür und spielte den ganzen Vormittag mit Gelegenheitsgegnern. Von seinem Beobachtungsposten aus sah er das Dorf in Ruinen, die baufälligen, mit Spuren von alten sonnenzerfressenen Farben bedeckten Häuser und ein Stück Meer am Straßenende.

Vor dem Mittagessen spielte er wie immer mit Don Máximo Gómez. Der alte Jakob konnte sich keinen menschlicheren Gegner vorstellen als diesen Mann, der zwei Bürgerkriege unversehrt überlebt und im dritten nur ein Auge gelassen hatte. Nachdem er absichtlich eine Partie verloren hatte, hielt er Don Máximo vor einer zweiten zurück.

»Sagen Sie mir etwas, Don Máximo«, fragte er nun. »Wären Sie imstande, Ihre Gattin lebend zu begraben?«

»Sicher«, sagte Don Máximo Gómez. »Glauben Sie mir, meine Hand würde nicht zittern.«

Der alte Jakob schwieg erstaunt. Dann, nachdem er sich seine besten Steine hatte nehmen lassen, seufzte er:

»Es scheint nämlich, daß Petra sterben wird.«

Don Máximo Gómez geriet nicht aus der Fassung. »In diesem Fall«, sagte er, »brauchen Sie sie nicht lebend zu begraben.« Er schnappte sich zwei Steine und krönte eine Dame. Dann heftete er auf seinen Gegner ein tränenfeuchtes Auge.

»Was hat sie?«

»Heute nacht«, erklärte der alte Jakob, »hat sie Rosenduft gerochen.«

»Dann wird das halbe Dorf sterben«, sagte Don Máximo Gómez. »Heute morgen wurde von nichts anderem gesprochen.«

Der alte Jakob mußte sich mächtig anstrengen, um wieder zu verlieren, ohne ihn zu beleidigen. Er verwahrte Tisch und Stühle, schloß den Laden und machte sich auf die Suche nach jemandem, der den Geruch verspürt hatte. Schließlich war nur Tobias seiner Sache sicher. Daher bat er ihn um den Gefallen, bei ihm wie zufällig vorbeizukommen und alles seiner Frau zu erzählen.

Tobias hielt Wort. Um vier Uhr erschien er wie für einen Besuch herausgeputzt in der Veranda, wo die Frau den ganzen Nachmittag mit dem Herrichten der Witwerkleidung für den alten Jakob verbracht hatte.

Er trat so leise ein, daß die Frau auffuhr.

»Heiliger Gott«, rief sie. »Ich glaubte, es sei der Erzengel Gabriel.«

»Sie sehen, er ist's nicht«, sagte Tobias. »Denn ich bin's und komme, um Ihnen etwas zu erzählen.«

Sie rückte ihre Brille zurecht und machte sich wieder an ihre Arbeit.

»Ich weiß, was es ist«, sagte sie.

»Überhaupt nicht«, sagte Tobias.

»Daß du heute nacht Rosenduft gerochen hast.«

»Wieso wissen Sie das?« fragte Tobias untröstlich.

»In meinem Alter«, sagte die Frau, »hat man so viel Zeit zum Nachdenken, daß man schließlich Wahrsager wird.«

Der alte Jakob, der das Ohr an die Ladenwand gedrückt hielt, richtete sich beschämt auf.

»Na so was, Weib«, schrie er durch die Wand. Machte kehrt und erschien in der Veranda. »Dann war es nicht das, was du glaubtest.«

»Dieser junge Mann hier lügt«, sagte sie, ohne den Kopf zu heben. »Er hat nichts gerochen.«

»Es war so gegen elf«, sagte Tobias. »Ich verscheuchte gerade die Krebse.«

Die Frau beendete die Ausbesserung eines Kragens.

»Lügen«, beharrte sie. »Alle Welt weiß, daß du ein Schwindler bist.« Sie biß den Faden ab und blickte Tobias über ihre Brillenränder an.

»Ich verstehe nur nicht, warum du dir die Arbeit gemacht hast, Vaseline ins Haar zu schmieren und deine Schuhe zu polieren, nur um hier respektlos aufzutreten.«

Fortan begann Tobias das Meer zu überwachen. Er

hängte seine Hängematte in den Gang zum Innenhof und verbrachte die Nacht wartend, verwundert über die Dinge, die in der Welt geschehen, während die Leute schlafen. Viele Nächte hindurch hörte er das verzweifelte Gekrabbel der Krebse, die an den Schnüren hochzukrabbeln versuchten, bis so viele Nächte vergangen waren, daß sie davon abließen. Er lernte Clotildes Schlafweise kennen. Er entdeckte, wie ihr Flötengeschnarch mit zunehmender Hitze schriller wurde, bis es in der Julischwüle zu einem einzigen Klagelaut anschwoll. Zunächst bewachte Tobias das Meer, wie es die tun, die es gut kennen: mit auf einen einzigen Punkt des Horizonts gerichtetem Blick. Er sah es die Farbe wechseln. Er sah es verlöschen und schaumig und schmutzig werden, sah es seine abfallbeladenen Rülpser ausstoßen, wenn die großen Regen seine stürmische Verdauung aufrührten. Nach und nach lernte er es bewachen, wie die, die es besser kennen: ohne es auch nur zu beachten, ohne es aber auch nur im Schlaf vergessen zu können.

Im August starb die Frau des alten Jakob. Morgens lag sie tot im Bett, und sie mußte wie alle Welt einem Meer ohne Blumen übergeben werden. Tobias wartete weiter. Er hatte schon so lange gewartet, daß das zu seiner Lebensweise wurde. Eines Nachts, während er in der Hängematte schlummerte, wurde ihm bewußt, daß sich etwas in der Luft verändert hatte. Es war eine an- und abschwellende Bö wie zu der Zeit, als der japanische Frachter eine Ladung verfaulter Zwiebeln in der Hafeneinfahrt gelöscht hatte. Bald verfestigte sich der Geruch und wich nicht bis zum Morgengrauen. Erst als Tobias den Eindruck gewann, daß er ihn mit den Händen greifen könne, um ihn herumzuzeigen, sprang er aus der Hängematte und betrat Clotildes Kammer. Er schüttelte sie dreimal.

»Er ist da«, sagte er.

Clotilde mußte den Geruch wegschieben wie ein Spinnennetz, um sich aufrichten zu können. Dann fiel sie aufs laue Laken zurück.

»Verdammt nochmal«, sagte sie.

Tobias machte einen Satz zur Tür, stürzte mitten auf die Straße und schrie los. Schrie aus Leibeskräften, holte tief Luft und schrie weiter, verstummte und holte tiefer Luft, und noch immer war der Geruch auf dem Meer. Doch niemand antwortete. Dann trommelte er an eine Haustür nach der anderen, sogar an die unbewohnten Häuser, bis sein Lärmen in das der Hunde überging und alle Welt weckte.

Viele rochen den Duft nicht. Doch andere, insbesondere die Alten, gingen zum Strand hinunter, um ihn zu genießen. Es war ein zäher Duft, der keinem Geruch der Vergangenheit Raum ließ. Einige, erschöpft vom vielen Riechen, kehrten nach Hause zurück. Die meisten jedoch beendeten ihren Schlaf am Strand. Bei Tagesanbruch war der Geruch so rein, daß es einem leid tat, ihn einzuatmen.

Tobias schlief fast den ganzen Tag. Clotilde gesellte sich während des Mittagsschlafs zu ihm, und sie verbrachten den Nachmittag schäkernd im Bett, ohne die Tür zum Innenhof zu verschließen. Zuerst machten sie es wie die Würmer, dann wie die Kaninchen und zuletzt wie die Schildkröten, bis die Welt traurig wurde und es wieder dunkelte. Noch immer waren Spuren von Rosen in der Luft. Manchmal drang eine Welle von Musik in die Kammer.

»Die kommt von Catarino«, sagte Clotilde. »Es muß jemand gekommen sein.«

Drei Männer und eine Frau waren gekommen. Catarino dachte, später könnten noch andere kommen, und versuchte das Grammophon instand zu setzen. Da er es nicht vermochte, bat er Pancho Aparecido um den

Gefallen, der sich auf alles mögliche verstand, weil er nie etwas zu tun hatte und einen Handwerkskasten sowie intelligente Hände besaß. Catarinos Laden war ein am Meer gelegenes Holzhaus, mit einem großen Salon mit Stühlen und Tischchen, dazu mehreren Kammern im Hinterhaus. Während sie Pancho Aparecido bei der Arbeit zuschauten, tranken die drei Männer und die Frau schweigsam an der Theke sitzend und gähnten abwechselnd.

Nach vielen Versuchen funktionierte das Grammophon gut. Als die Leute die ferne, aber deutliche Musik hörten, stellten sie ihre Unterhaltung ein. Sie blickten einander an und wußten einen Augenblick lang nichts zu sagen, denn erst jetzt wurde ihnen klar, wie alt sie seit dem letzten Mal, da sie Musik gehört hatten, geworden waren. Tobias traf alle Welt nach neun Uhr wach. Sie saßen vor der Tür und lauschten Catarinos alten Grammophonplatten in der gleichen Haltung kindischer Schicksalsergebenheit, mit der man eine Sonnenfinsternis betrachtet. Jede Platte erinnerte sie an jemanden, der gestorben war, an den Geschmack, den Gerichte nach langer Krankheit haben, oder an etwas, was sie am kommenden Tag vor vielen Jahren hätten tun sollen und aus Vergeßlichkeit nie getan hatten.

Gegen elf Uhr war die Musik zu Ende. Viele gingen zu Bett im Glauben, es werde regnen, weil eine dunkle Wolke über dem Meer hing. Doch die Wolke sank, schwamm ein Weilchen auf der Oberfläche, dann tauchte sie ins Wasser. Oben blieben nur die Sterne. Bald darauf lief die Brise aus dem Dorf bis zur Mitte des Meeres und brachte Rosenduft zurück.

»Ich habe Ihnen doch gesagt«, rief Don Máximo Gómez, »hier haben wir ihn wieder. Ich bin sicher, wir werden ihn jetzt jede Nacht spüren.«

»Gott behüte«, sagte der alte Jakob. »Dieser Geruch

ist das einzige im Leben, das für mich zu spät gekommen ist.«

Sie hatten in dem leeren Laden Dame gespielt, ohne auf die Plattenmusik zu achten. Jakobs Erinnerungen waren so alt, daß es keine genügend alten Platten gab, um diese zu verdrängen.

»Ich für mein Teil glaube nicht daran«, sagte Don Máximo Gómez. »Wenn man so viele Jahre Erde geschluckt hat und so viele Frauen sich ein Innenhöfchen gewünscht haben, um darin ihre Blumen zu säen, ist es nicht verwunderlich, daß man so etwas riecht und auch noch glaubt, es habe seinen Grund.«

»Wir riechen ihn doch aber mit unseren eigenen Nasenflügeln«, sagte der alte Jakob.

»Und wenn schon«, sagte Don Máximo Gómez. »Im Krieg, als die Revolution schon verloren war, wünschten wir so heftig einen General, daß uns der Herzog von Marlborough in Fleisch und Blut erschien. Ich habe ihn mit meinen eigenen Augen gesehen, Jakob.«

Es war zwölf Uhr vorüber. Als er allein war, schloß der alte Jakob den Laden ab und trug das Licht in die Schlafkammer. Durch das vom Meeresleuchten scharf abgehobene Fenster sah er den Fels, von dem aus die Toten ins Meer geworfen wurden.

»Petra«, rief er leise.

Sie konnte ihn nicht hören. In diesem Augenblick segelte sie an einem strahlenden Mittag fast auf der Wasseroberfläche im Golf von Bengalen. Sie hatte den Kopf gehoben, um durchs Wasser wie durch eine erleuchtete Scheibe einen riesigen Überseedampfer zu sehen. Doch sie konnte ihren Mann nicht sehen, der in diesem Augenblick am anderen Ende der Welt von neuem Catarinos Grammophon hörte.

»Mach dir das klar«, sagte der alte Jakob. »Vor kaum sechs Monaten haben sie dich für verrückt gehalten, und jetzt ergötzen sie sich selbst an dem Geruch, der dir den Tod gebracht hat.«

Er löschte das Licht und legte sich ins Bett. Weinte lange das leise anmutlose Geweine der Alten, schlief dann aber rasch ein.

»Ich ginge fort aus diesem Dorf, wenn ich könnte«, schluchzte er zwischen zwei Träumen.

»Ich ginge fort zum Teufel, hätte ich wenigstens zwanzig Pesos beieinander.«

Von jener Nacht an blieb der Geruch mehrere Wochen lang über dem Meer. Er tränkte das Holz der Häuser, die Nahrungsmittel und das Trinkwasser, und schon gab es kein Fleckchen mehr, wo er nicht zu riechen war. Viele erschraken, ihn im Dampf des eigenen Kackhaufens zu finden. Die Männer und die Frau, die in Catarinos Laden gekommen waren, gingen eines Freitags fort, und kamen am Samstag mit einem Menschenauflauf zurück. Am Sonntag kamen noch mehr Leute. Sie wimmelten überall herum auf der Suche nach Kost und Logis, bis man sich kaum noch auf der Straße bewegen konnte.

Und es kamen noch mehr. Die Frauen, die das Dorf verlassen hatten, als es ausstarb, kehrten zurück in Catarinos Laden. Sie waren fetter und angemalter und brachten modische Platten mit, die niemanden an irgend etwas erinnerten. Es kamen einige der ehemaligen Dorfbewohner. Sie waren anderswo stinkreich geworden und kehrten zurück, von ihrem Reichtum redend, doch in den gleichen Kleidern, in denen sie fortgezogen waren. Es kamen Blaskapellen und Tombolas, Lotterietische, Wahrsager und Pistolenschützen und Männer mit Schlangen um den Hals, die das Elixier des Ewigen Lebens verkauften. Sie kamen mehrere Wochen hindurch, auch nachdem die ersten Regen gefallen, das Meer trüb geworden und der Geruch wieder verschwunden war.

Mit den letzten Leuten kam ein Pfarrer. Er ging überall umher, aß Brot, das er in eine Tasse Milchkaffee tauchte, und verbot nach und nach alles, was vor ihm gekommen war: das Lotteriespiel, die neue Musik und die Art, nach ihr zu tanzen, und sogar die jüngste Gewohnheit, am Strand zu schlafen. Eines Nachmittags hielt er in Melchors Haus eine Predigt über den Meeresgeruch.

»Dankt dem Himmel, meine Kinder«, sprach er, »denn dieser Geruch ist Gottes Geruch.« Jemand unterbrach ihn.

»Woher wollen Sie das wissen, Herr Pfarrer, wenn Sie ihn doch nicht gerochen haben.«

»Die Heilige Schrift«, sprach er, »ist im Hinblick auf diesen Geruch unmißverständlich. Wir befinden uns in einem auserwählten Dorf.«

Tobias wandelte wie ein Schlafwandler umher, von einem Ort zum anderen, mitten im Fest. Er nahm Clotilde mit, um ihr das Geld zu zeigen. Sie bildeten sich ein, mit riesigen Summen Roulett zu spielen, dann stellten sie Berechnungen an und fanden sich ungeheuer reich mit dem Silber, das sie hätten gewinnen können. Bis eines Abends nicht nur sie, sondern die ganze Menge, die das Dorf besetzt hielt, viel mehr Geld sah als das, was in ihrer Einbildung Platz gehabt hätte.

Es war der Abend, an dem Señor Herbert kam. Er erschien plötzlich, stellte einen Tisch mitten auf die Straße, und auf den Tisch zwei große bis zum Rand mit Banknoten gefüllte Truhen. Es war so viel Geld darin, daß es zunächst niemand wahrnahm, weil keiner glauben konnte, daß es wahr sei. Doch als Señor Herbert eine Glocke läutete, glaubten die Leute es schließlich und traten näher, um ihm zuzuhören.

»Ich bin der reichste Mann der Erde«, sagte er. »Ich habe so viel Geld, daß ich nicht weiß, wohin damit. Und da ich überdies ein so großes Herz habe, daß es kaum in meine Brust paßt, habe ich den Entschluß gefaßt, durch die Welt zu reisen und die Probleme des Menschengeschlechts zu lösen.«

Er war groß und hochrot. Er sprach laut und pausenlos und bewegte gleichzeitig lauwarme schmachtende Hände, die immer müde vom Rasieren wirkten. Er sprach eine Viertelstunde lang, dann ruhte er sich aus. Wieder schüttelte er die Glocke und redete von neuem. Mitten in seiner Rede schwenkte jemand in der Menge einen Hut und unterbrach ihn.

»Gut, Mister, reden Sie nicht soviel, sondern fangen Sie an, das Geld zu verteilen.«

»So nicht«, erwiderte Señor Herbert. »Das Geld mir nichts dir nichts zu verteilen, wäre völlig sinnlos, abgesehen davon, daß es eine ungerechte Methode ist.«

Er suchte mit dem Blick den, der ihn unterbrochen hatte, und winkte ihm, näher zu treten. Die Menge machte Platz.

»Indessen«, fuhr Señor Herbert fort, »wird uns dieser ungeduldige Freund nun gestatten, daß wir erläutern, nach welchem System der Reichtum verteilt wird.« Er streckte eine Hand aus und half ihm beim Hinaufsteigen.

»Wie heißt du?«

»Patricio.«

»Sehr gut, Patricio«, sagte Señor Herbert. »Wie alle hast auch du seit geraumer Zeit ein Problem, das du nicht lösen kannst.«

Patricio nahm den Hut ab und nickte bejahend.

»Was ist es?«

»Also, mein Problem ist«, sagte Patricio, »daß ich kein Geld habe.«

»Wieviel brauchst du?«

»Achtundvierzig Pesos.«

Señor Herbert stieß einen Triumphschrei aus.

»Achtundvierzig Pesos«, wiederholte er. Die Menge stiftete ihm Beifall.

»Sehr gut, Patricio«, fuhr Señor Herbert fort. »Nun sag uns eines: Worauf verstehst du dich?«

»Auf vieles.«

»Entscheide dich für eines«, sagte Señor Herbert. »Für das, was du am besten kannst.«

»Gut«, sagte Patricio. »Ich kann die Vögel nachmachen.«

Von neuem Beifall spendend, wandte Señor Herbert sich an die Menge.

»Also, meine Damen und Herren, unser Freund Patricio, der die Vögel außerordentlich gut nachahmt, wird uns achtundvierzig verschiedene Vögel nachahmen und auf diese Weise das große Problem seines Lebens lösen.«

Inmitten des staunenden Schweigens der Menge machte Patricio nun die Vögel nach. Bald pfeifend, bald krächzend, machte er alle bekannten Vogelarten nach und ergänzte die Zahl durch andere, die niemand kannte. Schließlich bat Señor Herbert um Beifall und überreichte ihm achtundvierzig Pesos.

»Und nun«, sagte er, »tretet einer nach dem anderen an. Bis morgen um dieselbe Zeit bin ich hier, um Probleme zu lösen.«

Der alte Jakob war sofort auf dem laufenden durch die Bemerkungen der Leute, die an seinem Haus vorübergingen. Bei jeder neuen Nachricht schwoll ihm das Herz, bis er es platzen fühlte.

»Was halten Sie von diesem Gringo?« fragte er.

Don Máximo Gómez zuckte mit den Achseln.

»Das muß ein Menschenfreund sein.«

»Wenn ich mich auf etwas verstünde«, sagte der alte Jakob, »könnte ich jetzt mein Problemchen lösen. Keine große Sache: zwanzig Pesos.«

»Sie spielen sehr gut Dame«, sagte Don Máximo Gómez.

Der alte Jakob schien ihm keine Aufmerksamkeit zu schenken. Doch als er allein war, wickelte er das Damebrett und die Steine in eine Zeitung und ging, um Señor Herbert herauszufordern. Er wartete bis Mitternacht, um an die Reihe zu kommen. Endlich ließ Señor Herbert die Truhen aufladen und verabschiedete sich bis zum nächsten Morgen.

Er legte sich nicht schlafen. Er erschien in Catarinos Laden mit den Männern, welche die Truhen trugen, und selbst bis dorthin verfolgte ihn die Menschenmenge mit ihren Problemen. Nach und nach löste er die Probleme und löste so viele, daß im Laden nur die Frauen und einige Männer mit gelösten Problemen übrigblieben. Außerdem hinten im Salon eine einsame Frau, die sich ganz langsam mit einer Reklameschrift fächelte.

»Und du«, schrie Señor Herbert, »was ist dein Problem?«

Die Frau hörte auf, sich zu fächeln.

»Lassen Sie mich mit Ihrem Fest zufrieden, Mister«, schrie sie durch den Salon. »Ich habe keinerlei Probleme und bin Hure, und zwar bis in die Eier hinein.«

Señor Herbert zuckte mit den Achseln. Trank neben den geöffneten Truhen sein kaltes Bier weiter, in Erwartung neuer Probleme. Schwitzte. Kurz darauf löste sich eine Frau aus der Gruppe, mit der die Hure am Tisch saß, und sprach leise auf ihn ein. Sie hatte ein Problem von fünfhundert Pesos.

»Wieviel kriegst du?« fragte Señor Herbert.

»Fünf.«

»Stell dir vor«, sagte Señor Herbert, »das wären hundert Männer.«

»Macht nichts«, sagte sie. »Wenn ich das Geld auf einmal kriege, werden sie die letzten hundert Männer meines Lebens sein.«

Er musterte sie. Sie war sehr jung, hatte zarte Knochen, aber ihre Augen waren fest entschlossen.

»Es ist gut«, sagte Señor Herbert. »Geh in das Zimmer, ich schicke sie dir dorthin, jeden mit fünf Pesos.«

Er trat vor die Haustür und schwenkte die Glocke. Um sieben Uhr morgens fand Tobias Catarinos Laden offen. Alles war dunkel. Halb eingeschlafen und voll von Bier überwachte Señor Herbert, wie die Männer in die Kammer des Mädchens gingen.

Auch Tobias trat ein. Das Mädchen kannte ihn und war überrascht, ihn in ihr Zimmer treten zu sehen.

»Du auch?«

»Man hat mir gesagt, ich solle hineingehen«, sagte Tobias. »Man hat mir fünf Pesos gegeben und mir gesagt: ›Beeil dich.‹«

Sie zog vom Bett das nasse Laken und bat Tobias, es an einer Seite festzuhalten. Es war schwer wie eine Malerleinwand. An den Enden wringend, preßten sie es aus, bis es sein natürliches Gewicht wiedergewonnen hatte. Sie drehten die Matratze um, und der Schweiß floß auf der anderen Seite heraus. Tobias erledigte seine Sache irgendwie. Vor dem Fortgehen legte er die fünf Pesos auf den Haufen Banknoten, der neben dem Bett wuchs.

»Schick mir soviel Leute her wie möglich«, empfahl ihm Señor Herbert, »damit wir möglichst noch vor Mittag fertig sind.«

Das Mädchen öffnete einen Spalt breit ihre Tür und bat um ein eisgekühltes Bier. Mehrere Männer warteten.

»Wieviel fehlen noch?« fragte sie.

»Dreiundsechzig«, erwiderte Señor Herbert.

Der alte Jakob hatte ihn den ganzen Tag lang mit seinem Damebrett verfolgt. Gegen Abend kam er endlich an die Reihe, trug sein Problem vor, und Señor Herbert nahm an. Sie stellten zwei Stühle und das Tischchen auf den großen Tisch mitten auf der Straße, und der alte Jakob eröffnete die Partie. Den letzten Zug überlegte er im voraus. Er verlor.

»Vierzig Pesos«, sagte Señor Herbert, und gab ihm zwei Steine Vorsprung.

Er gewann wieder. Seine Hände berührten kaum die Steine. Er spielte mit verbundenen Augen, erriet nur die Stellung des Gegners und gewann wieder. Die Menge wurde des Zuschauens müde. Als der alte Jakob aufzugeben beschloß, schuldete er fünftausendsiebenhundertundzweiundvierzig Pesos und dreiundzwanzig Centavos.

Er geriet nicht aus der Fassung. Schrieb die Zahl auf einen Zettel, den er in der Tasche verwahrte. Schlug das Damebrett zu, steckte die Steine in den Kasten und wickelte alles in die Zeitung.

»Machen Sie mit mir, was Sie wollen«, sagte er, »aber lassen Sie mir dies hier. Ich verspreche, daß ich den Rest meines Lebens spielen werde, bis ich das Geld zusammen habe.«

Señor Herbert sah auf die Uhr.

»Tut mir in der Seele leid«, sagte er. »Die Frist läuft in zwanzig Minuten ab.« Er wartete, bis er davon überzeugt war, daß der Gegner die Lösung nicht finden würde. »Sonst haben Sie nichts?«

»Die Ehre.«

»Ich meine«, erklärte Señor Herbert, »etwas, was die Farbe wechselt, wenn man mit einer farbbeschmierten Malerbürste darüberfährt.«

»Das Haus«, sagte der alte Jakob, als entziffere er ein Rätsel. »Es ist nichts wert, aber es ist ein Haus.«

So kam Señor Herbert zum Haus des alten Jakob. Übrigens kam er auch zu Häusern und Besitztümern anderer, die ebensowenig ihre Verpflichtungen erfüllen konnten, ordnete jedoch eine Woche mit Musik, Feuerwerk und Seiltänzern an und leitete höchstpersönlich das Fest.

Es war eine denkwürdige Woche. Señor Herbert sprach von dem wunderbaren Schicksal des Dorfs und skizzierte sogar die Stadt der Zukunft mit riesigen Glasgebäuden und Tanzflächen auf Flachdächern. Er zeigte sie der Menge. Die Leute blickten erstaunt und versuchten sich in den von Señor Herbert bunt hingemalten Fußgängern wiederzufinden, doch sie waren so gut angezogen, daß sie sich nicht erkennen konnten. Das Herz tat ihnen weh, ihn so auszunutzen. Sie lachten über die Lust zu weinen, die sie im Oktober fühlten, und lebten im Nebel der Hoffnung, bis Señor Herbert die Glocke schwenkte und das Ende des Festes verkündete. Erst dann ruhte er aus.

»Bei dem Leben, das Sie führen, werden Sie bald sterben«, sagte der alte Jakob.

»Ich habe so viel Geld«, sagte Señor Herbert, »daß nichts mich zum Sterben veranlassen könnte.«

Und warf sich aufs Bett. Schlief Tage und Tage, schnarchte wie ein Löwe, und es vergingen so viele Tage, daß die Leute müde wurden, auf ihn zu warten. Sie mußten Krebse zum Essen ausgraben. Catarinos neue Grammophonplatten wurden so alt, daß schon niemand mehr sie ohne Tränen hören konnte und er seinen Laden schließen mußte.

Lange Zeit nachdem Señor Herbert zu schlafen begonnen hatte, klopfte der Pfarrer an die Tür des alten Jakob. Das Haus war von innen verriegelt. Je mehr der Atem des Schlafenden die Luft verbrauchte, desto mehr verloren die Dinge ihr Gewicht, und einige begannen zu schwimmen.

»Ich will mit ihm sprechen«, sagte der Pfarrer.

»Sie müssen warten«, sagte der alte Jakob.

»Ich habe nicht viel Zeit.«

»Setzen Sie sich, Herr Pfarrer, und warten Sie«, beharrte der alte Jakob. »Und tun Sie mir währenddessen den Gefallen und sprechen Sie mit mir. Seit langem weiß ich nichts mehr von der Welt.«

»Die Leute sind in wilder Flucht«, sagte der Pfarrer. In Kürze wird das Dorf wieder das alte sein. Das ist die einzige Neuigkeit.«

»Sie werden wiederkommen«, sagte der alte Jakob, »wenn das Meer wieder nach Rosen duftet.«

»Aber mittlerweile müssen wir mit irgend etwas die Illusion derer aufrechterhalten, die dableiben«, sagte der Pfarrer. »Wir müssen eilends mit dem Bau des Gotteshauses beginnen.«

»Darum sind Sie gekommen, um Mr. Herbert zu holen«, sagte der alte Jakob.

»So ist es«, sagte der Pfarrer. »Die Grünhörner sind sehr mildtätig.«

»Dann warten Sie, Herr Pfarrer«, sagte der alte Jakob. »Vielleicht wacht er auf.«

Sie spielten Dame. Es war eine lange schwierige Partie von vielen Tagen, doch Señor Herbert wachte nicht auf.

Der Pfarrer wurde vor Verzweiflung wirr. Lief überall mit einem kupfernen Almosenteller herum und bettelte um Almosen für den Bau des Gotteshauses, bekam aber sehr wenig. Vom vielen Flehen wurde er immer durchsichtiger, seine Knochen begannen sich mit Geräuschen zu füllen, und eines Sonntags erhob er sich zwei Spannen über den Erdboden, doch niemand erfuhr es. Dann packte er seine Kleider in ein Köfferchen, in ein anderes das eingesammelte Geld und verabschiedete sich für immer.

»Der Geruch wird nicht wiederkommen«, sagte er denen, die ihn umzustimmen suchten. »Wir müssen der Tatsache ins Auge sehen, daß das Dorf der Todsünde verfallen ist.«

Als Señor Herbert erwachte, war das Dorf wieder das alte. Der Regen hatte den Unrat, den die Menge in den Straßen zurückgelassen hatte, zum Gären gebracht, und der Boden war wieder rauh und hart wie Backstein.

»Ich habe lange geschlafen«, gähnte Señor Herbert.

»Jahrhunderte«, sagte der alte Jakob.

»Ich sterbe vor Hunger.«

»Aller Welt geht es so«, sagte der alte Jakob.

»Es gibt kein anderes Heilmittel, als an den Strand zu gehen und Krebse auszugraben.«

Tobias fand ihn, wie er, den Mund voller Schaum, im Sand wühlte, und wunderte sich, daß die Reichen den Armen beim Hungern so ähnlich sind. Señor Herbert fand nicht genügend Krebse. Gegen Abend lud er Tobias ein, mit ihm etwas Eßbares auf dem Grund des Meeres zu suchen.

»Hören Sie«, warnte Tobias. »Nur die Toten wissen, was es da unten gibt.«

»Die Wissenschaftler wissen es auch«, sagte Señor Herbert. »Noch unter dem Meer der Schiffbrüche gibt es Schildkröten mit köstlichem Fleisch. Zieh dich aus, und wir gehen los.«

Sie gingen. Erst schwammen sie geradeaus, dann abwärts in die Tiefe, wo zuerst das Licht der Sonne, dann das des Meeres zu Ende geht und die Dinge nur in ihrem eigenen Licht zu sehen sind. Sie kamen an einem versunkenen Dorf vorüber mit Männern und Frauen zu Pferd, die um den Musikpavillon kreisten. Es war ein prachtvoller Tag, und Blumen in lebendigen Farben blühten in den Beeten.

»Es ist eines Sonntags untergegangen, gegen elf Uhr vormittags«, sagte Señor Herbert. »Es muß ein Erdrutsch gewesen sein.«

Tobias wollte dorfwärts ausweichen, doch Señor Herbert winkte, er solle ihm bis auf den Grund folgen.

»Dort gibt es Rosen«, sagte Tobias. »Ich möchte, daß Clotilde sie kennenlernt.«

»Ein andermal kannst du in aller Ruhe wiederkommen«, sagte Señor Herbert. »Jetzt sterbe ich vor Hunger.«

Wie ein Polyp stieß er hinab mit langen geheimnisvollen Armen. Tobias, bemüht, ihn nicht aus den Augen zu verlieren, dachte, das müsse die Schwimmart der Reichen sein. Nach und nach verließen sie das Meer der üblichen Unglücksfälle und traten ein in das Meer der Toten.

Es waren so viele, daß Tobias nie so viele Leute auf der Welt gesehen zu haben glaubte. Sie schwammen regungslos, den Mund nach oben, auf verschiedenen Ebenen, und alle hatten den Gesichtsausdruck vergessener Wesen.

»Es sind sehr alte Tote«, sagte Señor Herbert. »Sie haben Jahrhunderte gebraucht, um diesen Zustand der Ruhe zu erreichen.«

Noch tiefer, im Wasser jüngst Verstorbener, hielt Señor Herbert an. Tobias erreichte ihn in dem Augenblick, als eine sehr junge Frau an ihnen vorbeiglitt. Sie schwamm auf der Seite mit geöffneten Augen, verfolgt von einem Strom Blumen.

Señor Herbert schob den Zeigefinger in den Mund und verharrte so, bis die letzten Blumen vorbeigeschwebt waren.

»Sie ist die schönste Frau, die ich je in meinem Leben gesehen habe«, sagte er.

»Sie ist die Frau des alten Jakob«, sagte Tobias. »Sie ist wie fünfzig Jahre jünger, aber sie ist es. Bestimmt.«

»Sie ist viel gereist«, sagte Señor Herbert. »Sie zieht die Flora aller Meere der Welt hinter sich her.«

Sie gelangten in die Tiefe. Señor Herbert kreiste mehrmals über einem Boden, der wie gepflügter Schiefer aussah. Tobias folgte ihm. Erst als er sich an das Halbdunkel der Tiefe gewöhnt hatte, entdeckte er, daß hier die Schildkröten waren. Es waren Tausende, auf dem Grund hingebreitet, wie Versteinerungen.

»Sie leben«, sagte Señor Herbert, »aber sie schlafen seit Millionen von Jahren.«

Er drehte eine um. Mit einem sanften Stoß trieb er sie aufwärts, und das schlafende Tier entglitt seinen Händen und stieg in der Abtrift. Tobias ließ es vorbei. Da erblickte er die Oberfläche und sah das Meer verkehrtherum.

»Es ist wie ein Traum«, sagte er.

»Sag es niemandem«, sagte Señor Herbert. »In deinem eigenen Interesse. Stell dir das Durcheinander vor, das in der Welt entstünde, wenn die Leute diese Dinge erführen.«

Es war fast Mitternacht, als sie ins Dorf zurückkehrten. Sie weckten Clotilde, damit sie Wasser heiß machte. Señor Herbert köpfte die Schildkröte, doch als sie sie vierteilten, mußten sie zu dritt das Herz, das durch den Innenhof hüpfte, verfolgen und nochmals töten. Sie aßen, bis ihnen der Atem ausging.

»Gut, Tobias«, sagte nun Señor Herbert. »Wir müssen uns der Wirklichkeit stellen.«

»Natürlich.«

»Und die Wirklichkeit«, fuhr Señor Herbert fort, »ist die: dieser Geruch wird niemals wiederkehren.«

»Er wird wiederkehren.«

»Er wird unter anderem deshalb nicht wiederkehren«, warf Clotilde ein, »weil er nie dagewesen ist. Du warst es, der alle Welt eingewickelt hat.«

»Du hast ihn doch selbst gerochen«, sagte Tobias.

»In jener Nacht war ich halb durchgedreht«, sagte Clotilde. »Aber jetzt bin ich mir über nichts mehr im klaren, was mit diesem Meer zu tun hat.«

»Dann gehe ich fort«, sagte Señor Herbert, und fügte an beide gewandt hinzu: »Auch ihr solltet fortgehen. Statt in diesem Dorf zu hungern, gibt es so vieles auf der Welt zu tun.«

Er ging. Tobias blieb im Innenhof und zählte die Sterne bis zum Horizont und entdeckte, daß es seit dem vergangenen Dezember drei mehr waren. Clotilde rief ihn in die Kammer, doch er achtete nicht auf sie.

»Komm her, Kerl«, beharrte Clotilde. »Seit Jahrhunderten haben wir's nicht mehr wie die Kaninchen gemacht.«

Tobias wartete eine lange Weile. Als er endlich hineinging, war sie eingeschlafen. Er weckte sie halb, war aber so müde, daß beide die Dinge verwechselten und es letzten Endes nur machen konnten wie die Würmer.

»Du bist verblödet«, sagte Clotilde schlechtgelaunt. »Denk endlich an was anderes.«

Sie wollte wissen, was es war, und er beschloß es ihr zu erzählen, unter der Bedingung, daß sie es nicht weitersagte. Clotilde versprach es.

»Auf dem Grund des Meeres«, sagte Tobias, »gibt es ein Dorf mit weißen Häuschen und Millionen Blumen in den Beeten.«

Clotilde hob die Hände zum Kopf.

»Ach, Tobias«, rief sie, »ach, Tobias, um der Liebe Gottes willen, fang nicht schon wieder damit an.«

Tobias sprach nicht weiter. Er rollte sich zum Bettrand und versuchte einzuschlafen. Doch es gelang ihm nicht bis zum Morgengrauen, als der Wind umschlug und die Krebse ihn in Ruhe ließen.

Der schönste Ertrunkene von der Welt

Die ersten Kinder, die das dunkle, schweigsame Vorgebirge auf dem Meer näher kommen sahen, glaubten, es sei ein feindliches Schiff. Dann sahen sie, daß es weder Flaggen noch Masten hatte, und dachten, es sei ein Wal. Doch als es auf den Strand auflief, befreiten sie es von Seetanggestrüpp, Quallenfühlern und den Resten von Fischschwärmen und Strandgut, die es mit sich führte, und erst dann entdeckten sie, daß es ein Ertrunkener war.

Sie hatten den ganzen Nachmittag mit ihm gespielt, ihn im Sand begraben und wieder ausgegraben, als jemand sie zufällig sah und im Dorf Alarm schlug. Die Männer, die ihn bis ins nächste Haus schleppten, bemerkten, daß er mehr wog als alle ihnen bekannten Toten, fast so viel wie ein Pferd, und sie sagten sich, vielleicht sei er zu lange auf dem Meer getrieben und das Wasser sei ihm in die Knochen gedrungen. Als sie ihn auf den Fußboden legten, sahen sie, daß er viel größer gewesen war als alle anderen Menschen, denn er paßte kaum ins Haus, doch sie dachten, vielleicht gehöre die Fähigkeit, nach dem Tod weiterzuwachsen, zur Natur gewisser Ertrunkener. Er roch nach Meer, und nur seine Form ließ vermuten, daß es die Leiche eines menschlichen Wesens war, denn seine Haut war bedeckt mit einem Panzer aus Saugfischen und Schlamm.

Sie brauchten sein Gesicht nicht zu säubern, um zu wissen, daß es ein fremder Toter war. Das Dorf hatte nur etwa zwanzig Lattenhäuser mit Steinhöfen ohne Blumen, verstreut am Ende eines einsamen Kaps liegend. Die Erde war so knapp, daß die Mütter in der Angst lebten, der Wind könne ihre Kinder mitnehmen, und die wenigen Toten, welche die Jahre verursachten, mußten sie über die Klippen stürzen. Doch das Meer war zahm und verschwenderisch, und alle Männer paßten in sieben Boote. So brauchten sie, als sie den Ertrunkenen fanden, einander nur anzublicken, um sich klarzumachen, daß sie vollzählig waren.

In jener Nacht fuhren sie nicht zur Arbeit aufs Meer. Während die Männer prüften, ob in den Nachbardörfern jemand fehlte, sorgten die Frauen sich um den Ertrunkenen. Sie schrubbten den Schlamm mit Grasbüscheln ab, klaubten ihm die Unterwasserdisteln aus dem Haar und schabten ihm den Saugfisch mit Schuppeneisen ab. Dabei merkten sie, daß sein Pflanzenwuchs aus fernen Meeren und der Tiefsee stammte, daß seine Kleider zerfetzt waren, als sei er durch Korallenriffe gesegelt. Und sie stellten fest, daß er den Tod mit Stolz trug, denn er hatte nicht das einsame Antlitz anderer im Meer Ertrunkener, auch nicht den schmutzigen, armseligen Gesichtsausdruck der Flußtoten. Doch erst als sie ihn ganz gereinigt hatten, wurden sie sich der Klasse Mensch bewußt, die er war, und das benahm ihnen den Atem. Nicht nur war er der größte, stärkste, der männlichste und der bestgebaute Mensch, den sie je gesehen hatten, sondern er ging, obgleich sie ihn sahen, über ihre Vorstellungskraft.

Sie fanden im Dorf kein genügend großes Bett, um ihn hineinzulegen, auch keinen genügend festen Tisch für seine Aufbahrung während der Totenwache. Weder paßten ihm die Festtagshosen der größten Männer noch die Sonntagshemden der beleibtesten, auch nicht die Schuhe des größten Fußes. Gebannt von seinem Unmaß und seiner Schönheit, beschlossen die Frauen, ihm Hosen aus einem guten Stück Gieksegel zu schneidern und ein Hemd aus Brautlinnen, damit er seinen Tod mit Würde weitertragen könne. Während sie im Kreis sitzend nähten und den Leichnam zwischen Stich und Stich betrachteten, schien es ihnen, als sei der Wind nie so hartnäckig und das Meer nie so heftig gewesen wie in jener Nacht, und sie vermuteten, daß diese Veränderungen etwas mit dem Toten zu tun hätten. Sie dachten, hätte dieser prächtige Mann im Dorf gelebt, sein Haus hätte die breitesten Türen besessen, das höchste Dach und den festesten Fußboden, und sein Bettgestell wäre aus Hauptspanten mit eisernen Zapfen gefügt und seine Frau wäre die glücklichste gewesen. Sie dachten, er hätte so viel Autorität besessen, daß er die Fische allein durch Nennen ihres Namens aus dem Meer geholt hätte, er hätte mit solchem Eifer gearbeitet, daß er Quellen zwischen dem dürrsten Gestein hätte hervorsprudeln lassen und Blumen auf den Klippen hätte säen können. Insgeheim verglichen sie ihn mit ihren eigenen Männern und dachten, diese würden in einem ganzen Leben nicht fertigbringen, was er in einer Nacht fertigbrachte, und verachteten sie schließlich im Grunde ihrer Herzen als die schwächlichsten, minderwertigsten und nutzlosesten Wesen auf Erden. So irrten sie durch ihre Fantasielabyrinthe, als die älteste der Frauen, die als älteste den Ertrunkenen eher mit Mitleid als mit Leidenschaft betrachtet hatte, seufzte:

»Er hat ein Gesicht, als hieße er Stefan.«

Das war die Wahrheit. Die meisten brauchten ihn bloß abermals anzuschauen, um zu begreifen, daß er keinen anderen Namen haben konnte. Die starrköpfigsten, das waren die jüngsten, lebten zwar noch ein paar Stunden in dem Wahn, er könne angezogen, in Lackstiefeln und blumenbekränzt, Lautero heißen. Doch das war eitle Selbsttäuschung. Die Leinwand erwies sich als zu knapp, die schlecht zugeschnittenen und noch schlechter genähten Hosen waren ihm zu eng, und die verborgenen Kräfte seines Herzens sprengten die Knöpfe seines Hemdes. Nach Mitternacht verebbte das Pfeifen des Windes, und das Meer verfiel der Mittwochschlafsucht. Die Stille setzte den letzten Zweifeln ein Ende: er hieß Stefan. Die Frauen, die ihn eingekleidet hatten, die, welche ihn gekämmt hatten, die, welche ihm die Nägel geschnitten und ihn rasiert hatten, vermochten nicht ein mitleidiges Erzittern zurückzuhalten, als sie sich damit abfinden mußten, ihn über den Fußboden gezerrt zu sehen. Jetzt begriffen sie, wie unglücklich er mit diesem ungewöhnlichen Körper gewesen sein mußte, wenn er noch im Tode davon belästigt wurde. Sie sahen ihn im Leben dazu verdammt, seitlich durch die Türen zu gehen, sich den Kopf an Querbalken wundzustoßen, bei Besuchen stehen zu bleiben, ohne zu wissen, was er mit seinen zarten rosafarbenen Seekuhhänden tun sollte, während die Dame des Hauses den stabilsten Stuhl suchte und ihn in Todesangst anflehte, setzen Sie sich doch hierhin, Stefan, tun Sie mir den Gefallen, und er, an der Wand lehnend, lächelnd, keine Sorge, gnädige Frau, hier stehe ich sehr bequem, meine Hacken sind rohes Fleisch, und mein Rücken ist glühend heiß von den ewiggleichen Übungen bei allen Besuchen, keine Sorge, gnädige Frau, hier stehe ich sehr bequem, nur um nicht die Beschämung zu erleben, den Stuhl kaputt zu machen, und vielleicht ohne je zu erfahren, daß die, welche sagten, geh nicht fort, Stefan, warte wenigstens, bis der Kaffee kocht, dieselben waren, die hinterher flüsterten, der große Tölpel ist fort, gottlob, der hübsche Dummkopf ist fort. Das dachten die Frauen angesichts des Leichnams kurz vor Morgengrauen. Später, als sie sein Gesicht mit einem Taschentuch bedeckten, damit das Licht ihn nicht störte, sahen sie ihn so immerwährend tot, so wehrlos, so ähnlich ihren Männern, daß sich die ersten Tränenspalten in ihren Herzen öffneten. Es war eine der jüngsten, die zu schluchzen begann. Die anderen, einander ermutigend, gingen vom Seufzen zum

Wehklagen über, und je mehr sie schluchzten, ein desto stärkeres Bedürfnis zum Weinen empfanden sie, denn der Ertrunkene wurde für sie immer mehr Stefan, bis sie ihn so heftig beweinten, daß er der verlassenste, der sanfteste und der gefälligste Mensch von der Erde wurde, der arme Stefan. So fühlten sie, als die Männer mit der Nachricht zurückkehrten, der Ertrunkene stamme auch nicht aus den Nachbardörfern, inmitten ihrer Tränen Jubel ausbrechen.

»Gelobt sei Gott«, seufzten sie. »Er ist unser!«

Die Männer glaubten, das Getue sei nichts als weibliche Leichtfertigkeit. Erschöpft von den verworrenen Nachforschungen der Nacht, hatten sie nur einen Wunsch, ein für allemal die Last des Neuankömmlings loszuwerden, bevor die Sonne jenes dürren windlosen Tages mit Macht herunterbrannte. So verfertigten sie mit Resten von Fockmasten und Giekbäumen eine Behelfsbahre, verschnürten sie mit Takelage, damit sie das Gewicht des Toten bis zu den Klippen aushielt. Sie hätten am liebsten den Anker eines Frachters an seine Knöchel gekettet, damit er unbehindert in die tiefsten Meere versank, wo die Fische blind sind und die Taucher aus Heimweh sterben, damit die bösen Strömungen ihn nicht wieder ans Ufer trügen, wie es mit anderen Leichnamen geschehen war. Doch je mehr sie sich eilten, desto mehr Dinge fielen den Frauen ein, um Zeit zu vergeuden. Sie zappelten umher wie aufgeregte Hühner, die nach Meeramuletten in den Truhen pickten, und die einen störten links, weil sie dem Ertrunkenen ein Skapulier des guten Windes umhängen wollten, die anderen störten rechts, um ihm ein Nordungsarmband umzuschnallen, und nach ausgiebigem Zupf dich, Weib, geh hin, wo du nicht störst, sieh, bald hätt' ich deinetwegen den Toten fallen lassen, schlich den Männern Argwohn über die Leber, und sie begannen zu murren, wozu all der Klempnerkram vom Hochaltar für einen Fremden, wenn trotz Zierknöpfen und Weihwasserkessel die Haie ihn kauen würden, doch sie häuften weiterhin ihre Schundreliquien auf ihn, schleppten fort und herbei, rempelten einander an, während sie in Seufzern loswurden, was sie nicht in Tränen loswurden, bis endlich die Männer lospolterten, seit wann habe es einen ähnlichen Aufruhr gegeben wegen einer treibenden Leiche, eines ertrunkenen Niemands, eines Stücks kalten Mittwochfleischs. Eine der Frauen, gekränkt von soviel Gefühllosigkeit, zog das Taschentuch vom Gesicht des Toten, und nun verschlug es auch den Männern den Atem.

Er war Stefan. Es brauchte nicht von neuem ausgesprochen zu werden, um ihn zu erkennen. Hätte man ihnen gesagt: Sir Walter Raleigh, vielleicht hätten seine Gringo-Aussprache, sein Ara auf der Schulter, seine Muskete zum Kannibalenschießen sie beeindruckt, doch Stefan konnte nur einer auf der Welt sein, und da lag er wie ein Pottwal, ohne Schuhe, mit den Hosen eines Siebenmonatskinds und diesen steinsplitternden Fingernägeln, die nur mit einem Messer zu schneiden waren. Man brauchte ihm nur das Taschentuch vom Gesicht zu ziehen, um zu begreifen, daß er sich schämte, daß es nicht seine Schuld war, so groß, so schwer und so schön zu sein, und wenn er gewußt hätte, daß dies eintreten würde, so hätte er sich einen verschwiegeneren Ort zum Ertrinken ausgewählt, ernstlich, ich hätte mir einen Galleonenanker um den Hals gebunden und wäre wie einer, der es satt hat, über die Klippen gestolpert, um nur nicht mit diesem Mittwochtoten zu stören, wie ihr sagt, um niemandem mit dieser Schweinerei von kaltem Fleisch auf die Nerven zu gehen, das nichts mit mir zu tun hat. Es lag so viel Wahres in seinem Wesen, daß sogar die argwöhnischsten Männer, die, welche die Bitternis endloser Nächte auf See fühlten, voller Sorge, ihre Frauen könnten müde werden, von ihnen zu träumen, um statt dessen von Ertrunkenen zu träumen, daß sogar sie und andere, härtere, über Stefans Aufrichtigkeit bis ins Mark erschauerten.

Und so veranstalteten sie das glänzendste Leichenbegängnis, das sie für einen ausgesetzten Ertrunkenen ersinnen konnten. Einige Frauen, die in den Nachbardörfern Blumen geholt hatten, kehrten mit anderen zurück, die das Erzählte nicht glauben wollten, und diese gingen noch mehr Blumen holen, als sie den Toten sahen, und brachten mehr und immer mehr, bis so viele Blumen und Menschen beieinander waren, daß man sich kaum noch bewegen konnte. Zu guter Letzt tat es ihnen weh, ihn als Waise den Wassern zurückzugeben, und sie wählten ihm unter den Besten einen Vater und eine Mutter, andere ernannten sie zu Brüdern, Onkeln und Vettern, so daß durch ihn schließlich alle Bewohner des Dorfs miteinander verwandt wurden. Etliche Seeleute, die in der Entfernung das Wehklagen hörten, verloren den richtigen Kurs, und man erfuhr, daß sich einer an den Hauptmast binden ließ, weil er sich an alte Sirenenfabeln erinnerte. Während sie um das Vorrecht stritten, ihn auf den Schultern den steilen Hohlweg in den Klippen hinabzutragen, wurden Männer und Frauen sich zum ersten Mal der Trostlosigkeit ihrer Gassen bewußt, der Dürre ihrer Hinterhöfe, der Enge ihrer Träume, im Vergleich zu der Pracht und Schönheit ihres Ertrunkenen. Sie gaben ihn ohne Anker frei, damit er zurückkehren könne, wenn er wolle und wann er wolle, und alle hielten den Atem an während des Bruchteils von Jahrhunderten, den der Sturz des Leichnams in den Abgrund dauerte. Sie brauchten einander nicht anzublikken, um sich klarzumachen, daß sie nicht mehr vollzählig waren und es auch nie mehr sein würden. Sie wußten aber auch, daß fortan alles anders sein würde, daß ihre Häuser breitere Türen haben würden, höhere Dächer, festere Fußböden, damit die Erinnerung an Stefan überall umgehen könne, ohne an Querbalken zu stoßen, und daß in Zukunft niemand zu flüstern wagen würde, tot ist der große Tölpel, wie schade, tot ist der hübsche Dummkopf, denn sie würden ihre Häuserfronten mit fröhlichen Farben anmalen, um die Erinnerung an Stefan zu verewigen, und sie würden sich das Kreuz brechen, um Quellen aus den Steinen zu graben und Blumen auf den Klippen zu säen, damit in kommenden Jahren die Passagiere der großen Schiffe bei Tagesanbruch auf hoher See erwachen würden, betäubt von Gartendüften; und der Kapitän in Galauniform von der Brücke herabstiege mit seinem Sternhöhenmesser, seinem Polarstern und seiner Ordensschnalle, und auf das Vorgebirge aus Rosen am Horizont deutend würde er in vierzehn Sprachen sagen, seht, dort, wo der Wind jetzt so zahm ist, daß er sich unter den Betten schlafen legt, dort, wo die Sonne so hell glänzt, daß die Sonnenblumen nicht wissen, wohin sie sich wenden sollen, ja, dort liegt Stefans Dorf.

Beständiger Tod über die Liebe hinaus

Dem Senator Onésimo Sánchez fehlten sechs Monate und elf Tage bis zu seinem Tod, als er der Frau seines Lebens begegnete. Er lernte sie in Rosenstock des Vizekönigs kennen, einem trügerischen Dörfchen, das nachts ein Unterschlupfhafen für die Hochseeschiffe der Schmuggler war und dafür im hellen Sonnenlicht der nutzlosesten Wüstenbucht an einem dürren ziellosen Meer glich, so fern von allem, daß niemand vermutet hätte, dort könne jemand wohnen, der imstande war, jemandes Schicksal zu verändern. Schon sein Name schien ein Scherz, denn die einzige Rose, die in jenem Dorf je zu sehen gewesen war, brachte der Senator Onésimo Sánchez höchstpersönlich an dem Nachmittag mit, da er Laura Farina kennenlernte.

Es war eine unumgängliche Etappe in der alle vier Jahre stattfindenden Wahlkampagne. Vormittags waren die Wohnwagen der Schmierenbühne eingetroffen. Dann trafen die Lastwagen mit den Mietindios ein, die von den Dörfern gestellt wurden, um die Menschenmenge bei den öffentlichen Auftritten zu ergänzen. Kurz vor elf, mit der Musik und dem Feuerwerk und den Saumtieren des Gefolges, traf das erdbeersaftfarbene Ministeriumsautomobil ein. Der Senator Onésimo Sánchez saß still und zeitlos in seinem eisgekühlten Wagen, doch kaum öffnete er die Tür, durchschauerte ihn schon Feueratem, und sein Hemd aus Naturseide sog sich voll mit aschfahler Suppe, und er fühlte sich um viele Jahre älter und einsamer denn je. Im wirklichen Leben hatte er soeben das zweiundvierzigste Jahr vollendet, hatte in Göttingen mit Auszeichnung zum Hütteningenieur promoviert und war ein beharrlicher, wiewohl wenig glücklicher Leser der schlecht übersetzten lateinischen Klassiker. Er war mit einer strahlenden Deutschen verheiratet, mit der er fünf Kinder hatte, und alle waren glücklich in seinem Haus, und er war der glücklichste von allen gewesen, bis man ihm vor drei Monaten verkündet hatte, er werde am kommenden Weihnachtsfest für immer tot sein.

Während die Vorbereitungen für die öffentliche Kundgebung abgeschlossen wurden, hielt es den Senator nur eine Stunde in dem ihm zum Ausruhen bereitgestellten Haus. Vor dem Schlafengehen stellte er eine natürliche Rose ins Trinkwasser, die er durch die Wüste hindurch am Leben erhalten hatte, er aß von den mitgeführten Diätkörnern zu Mittag, um die ewigen gebratenen Ziegen umgehen zu können, die ihn für den Rest des Tages erwarteten, und schluckte mehrere schmerzstillende Pillen vor der vorgesehenen Stunde, so daß die Linderung vor dem Schmerz eintrat. Dann stellte er den elektrischen Ventilator nahe an die Hängematte und streckte sich fünfzehn Minuten lang nackt im Rosendämmer aus, angestrengt um geistige Zerstreuung bemüht, um nicht während des Schlummers an den Tod zu denken. Außer den Ärzten wußte niemand, daß er zu einem festen Termin verurteilt war, denn er hatte beschlossen, sein Geheimnis ohne jede Lebensveränderung allein zu erdulden, und zwar nicht aus Dünkel, sondern aus Schamgefühl.

Er fühlte sich im Vollbesitz seines freien Willens, als er um drei Uhr nachmittags wieder in der Öffentlichkeit erschien, ausgeruht und adrett in einer rohleinenen Hose, einem blumenbemalten Hemd und mit einer durch schmerzstillende Pillen aufgeräumten Seele. Übrigens war die Erosion des Todes viel heimtückischer, als er vermutet hatte, denn beim Ersteigen der Tribüne fühlte er eine seltsame Verachtung für die, welche sich um das Glück stritten, ihm die Hand zu schütteln, und bemitleidete nicht wie zu anderen Zeiten die Koppeln der barfüßigen Indios, die kaum der Kalkglut des sterilen kleinen Platzes zu widerstehen vermochten. Er brachte den Beifall mit gebieterischer Hand, fast wütend, zum Verstummen und begann ohne Gebärden zu sprechen, die Augen fest aufs Meer gerichtet, das vor Hitze seufzte. Seine bedächtige, tiefe Stimme hatte die Beschaffenheit von stehendem Wasser, doch seine auswendig gelernte und so viele Male wiedergekäute Rede war ihm nur eingefallen, um die Wahrheit in Widerspruch zu einer schicksalsgläubigen Erkenntnis aus dem vierten Buch von Mark Aurels Erinnerungen zu setzen.

»Wir sind hier, um die Natur zu bezwingen«, begann er allen seinen Überzeugungen zum Trotz. »Wir sind nicht mehr die Findelkinder des Vaterlands, die Waisen Gottes im Reich des Durstes und des Unwetters, die Verbannten in unserem eigenen Land. Wir werden andere sein, meine Damen und Herren, wir werden groß sein und glücklich.«

Da waren die Formeln aus seinem Zirkus. Während er sprach, warfen seine Adjutanten Händevoll von Papiervögelchen in die Luft, und die falschen Tiere gewannen Leben, kreisten über der Brettertribüne und entflatterten übers Meer. Gleichzeitig holten andere aus den Packwagen Theaterbäume mit Filzblättern und pflanzten sie im Rücken der Menge im Schwefelboden auf. Zuletzt errichteten sie eine Pappfassade mit Scheinhäusern aus roten Backsteinen und Glasfenstern und tarnten mit ihr die Elendshütten des wirklichen Lebens.

Der Senator verlängerte seine Rede mit zwei Zitaten auf lateinisch, um der Posse Zeit zu lassen. Er versprach Regenmaschinen, tragbare Brutkästen für Tischtiere, Glücksöle, mit deren Hilfe Gemüse im Kalkabfall der Zimmerwände gedeihen würde und Stiefmütterchenanhängsel in den Fenstern. Als er sah, daß seine Traumwelt fertig war, deutete er mit dem Finger hin.

»So werden wir sein, meine Damen und Herren«, schrie er. »Schauen Sie. So werden wir sein.«

Das Publikum wandte sich um. Ein Überseedampfer aus bemaltem Papier fuhr hinter den Häusern vorüber, er war höher als die höchsten Häuser der künstlichen Stadt. Nur der Senator bemerkte, daß auch das Dorf aus aufeinandergestapelter Pappe, so viele Male auf- und abgebaut und von einem Ort zum anderen verfrachtet, vom Unwetter zerfressen, nun fast so arm und staubig und trostlos war wie Rosenstock des Vizekönigs.

Nelson Farina begrüßte zum ersten Mal in zwölf Jahren den Senator nicht. Er hörte die Rede von der Hängematte aus, in den Pausen seiner Mittagsruhe unter dem frischen Laubwerk eines Hauses aus ungehobelten Brettern, erbaut mit den nämlichen Apothekerhänden, mit denen er seine erste Frau gevierteilt hatte. Er war aus dem Strafgefängnis von Cayenne geflohen und in Rosenstock des Vizekönigs erschienen, in einem mit harmlosen Aras beladenen Schiff mit einer bildschönen und gotteslästerlichen Negerin, die er in Paramaribo kennengelernt und mit der er eine Tochter gehabt hatte. Die Frau starb kurz darauf eines natürlichen Todes und erlitt nicht das Los der anderen, deren einzelne Stücke seinen eigenen Blumenkohlgarten ernährt hatten, vielmehr wurde sie ganz und mit ihrem holländischen Namen auf dem Ortsfriedhof beerdigt. Die Tochter hatte ihre Farbe und ihre Formen geerbt sowie die gelblichen erschrockenen Augen des Vaters, und dieser hatte Gründe zu der Vermutung, daß er die schönste Frau der Welt aufzog.

Als er den Senator Onésimo Sánchez bei der ersten Wahlkampagne kennengelernt hatte, bat er ihn, ihm zu einem gefälschten Personalausweis zu verhelfen, der ihn vor der Verurteilung retten würde. Liebenswürdig, aber fest hatte der Senator das Gesuch abgelehnt. Nelson Farina ließ Jahre hindurch nicht locker und wiederholte sein Ansinnen bei jeder sich bietenden Gelegenheit mit einer neuen Ausrede. Doch stets erhielt er die gleiche Antwort. Daher blieb er diesmal in seiner Hängematte liegen, dazu verurteilt, in diesem glutheißen Schmugglerunterschlupf lebendig zu verfaulen. Als er den Schlußapplaus hörte, hob er den Kopf und sah über den Stäben des Zauns die Kehrseite der Posse: die Stützbalken der Gebäude, die Gerippe der Bäume, die versteckten Gaukler, die den Überseedampfer schoben. Er schluckte seinen Groll hinunter.

»Merde«, sagte er. »C'est le Blacamán de la politique.«

Nach der Rede unternahm der Senator wie gewohnt einen Gang durch die Gassen des Dorfes zwischen der Musik und dem Feuerwerk hindurch und von der Dorfbevölkerung belagert, die ihm ihre Kümmernisse vortrug. Der Senator hörte sie gutwillig an und fand stets eine Form, alle zu trösten, ohne ihnen schwer zu erfüllende Gefallen zu erweisen. Einer zwischen ihren sechs kleinen Kindern auf einem Hausdach hockenden Frau gelang es, sich über den Lärm und das Pulvergedonner hinweg Gehör zu verschaffen.

»Ich bitte nicht um viel, Herr Senator«, sagte sie. »Nur um einen Esel, damit ich Wasser vom Brunnen des Erhenkten holen kann.« Der Blick des Senators blieb auf den sechs schmutzigen Rangen haften.

»Wo ist dein Mann geblieben?« fragte er.

»Er hat sein Schicksal auf der Insel Aruba gesucht«, erwiderte die Frau gutgelaunt. »Und was er gefunden hat, war eine Fremde, eine von denen, die sich Diamanten in die Zähne einsetzen.« Die Antwort löste donnerndes Gelächter aus.

»Es ist gut«, entschied der Senator. »Du sollst deinen Esel haben.«

Kurz darauf brachte einer seiner Adjutanten einen Lastesel zum Haus der Frau, auf dessen Flanke mit Dauerfarbe eine Wahllosung geschrieben war, damit niemand vergaß, daß es ein Geschenk des Senators war.

Auf der kurzen Strecke durch die Gasse gewährte der Senator weitere kleinere Vergünstigungen und gab überdies einem Kranken einen Löffel Arznei, der sich sein Bett vor die Tür hatte stellen lassen, um ihn vorübergehen zu sehen. An der letzten Ecke sah er zwischen den Zaunpfählen des Innenhofs Nelson Farina in der Hängematte, der ihm aschfahl und niedergeschlagen vorkam, doch er grüßte ihn ohne Freundlichkeit:

»Wie geht's?«

Nelson Farina drehte sich in der Hängematte um und verschlang ihn mit dem trostlosen Ambra seines Blicks.

»Moi, vous savez«, sagte er.

Als seine Tochter den Gruß hörte, trat sie in den Innenhof hinaus. Sie trug einen gewöhnlichen, verschlissenen Guajira-Kittel, ihr Kopf war geschmückt mit bunten Haarschleifen, ihr Gesicht war von der Sonne bemalt, doch auch in diesem schlampigen Aufzug war zu vermuten, daß es keine schönere Frau auf der Welt gab. Dem Senator stockte der Atem.

»Donnerkeil!« stöhnte er staunend, »was sich Gott alles einfallen läßt!«

An jenem Abend steckte Nelson Farina seine Tochter in ihre besten Kleider und schickte sie zum Senator. Zwei flintenbewaffnete Wächter, die in dem gemieteten Haus dösten, hießen sie auf dem einzigen Stuhl der Diele warten.

Der Senator hatte sich im angrenzenden Raum mit

den Honoratioren von Rosenstock des Vizekönigs versammelt, die er zusammengerufen hatte, um ihnen die Wahrheiten, die er in seinen Reden versteckte, unverblümt zu verkünden. Diese Honoratioren glichen so sehr allen, die stets in diesen Wüstendörfern auftraten, daß es den Senator verdroß, allabendlich die gleiche Sitzung zu erleben. Sein Hemd war schweißverklebt, und er versuchte es auf dem Leib in der heißen Brise des elektrischen Ventilators zu trocknen, der wie eine Schmeißfliege im schlaftrunkenen Zimmer summte. »Natürlich essen wir keine Papiervögel«, sagte er. »Sie und ich wissen eines: an dem Tag, an dem es Bäume und Vögel in diesem Ziegenscheißhaus gibt, an dem Tag, an dem es Wasserasseln in den Brunnen gibt statt Würmer, an diesem Tag haben weder Sie noch ich das geringste hier zu schaffen. Stimmt's?«

Niemand antwortete. Während er sprach, hatte der Senator einen Kalenderfarbdruck abgerissen und daraus einen Papierfalter verfertigt. Unabsichtlich hielt er ihn in den Luftstrom des Ventilators, und der Falter flatterte durchs Zimmer und entschwebte durch die halbgeöffnete Tür. Mit seiner vom Einverständnis mit dem Tod aufrechterhaltenen Selbstbeherrschung sprach der Senator weiter.

»Nun brauche ich nur noch zu wiederholen, was Sie zur Genüge wissen«, sagte er. »Daß meine Wiederwahl für Sie ein besseres Geschäft ist als für mich, weil mir das faulige Wasser und der Schweiß der Indios bereits bis hier stehen, während Sie genau davon leben.«

Laura Farina sah den Papierfalter herausflattern. Nur sie sah ihn, weil die Wächter der Diele auf der Bank mit den Flinten im Arm eingeschlafen waren. Nach mehreren Kehren entfaltete sich der lithographierte Falter vollkommen, prallte breit gegen die Wand und blieb daran haften. Laura Farina versuchte ihn mit den Fingernägeln abzureißen. Einer der Wächter, der vom Applaus im Nebenzimmer erwacht war, bemerkte ihr ergebnisloses Bemühen.

»Man kann ihn nicht abreißen«, sagte er zwischen zwei Träumen. »Er ist an die Wand gemalt.«

Laura Farina setzte sich wieder, als die Männer aus der Versammlung herauskamen. Der Senator blieb mit der Türklinke in der Hand auf der Schwelle stehen und entdeckte Laura Farina erst, als die Diele sich geleert hatte.

»Was suchst du hier?«

»C'est de la part de mon père«, sagte sie.

Der Senator begriff. Er musterte den schlaftrunkenen Wächter, er musterte Laura Farina, deren unwahrscheinliche Schönheit beherrschender war als sein Schmerz, und nun beschloß er, daß der Tod für ihn entscheiden sollte.

»Komm rein«, sagte er.

Laura Farina blieb verwundert in der Zimmertür stehen: Tausende von Banknoten schwebten, wie der Falter flatternd, durch die Luft. Doch der Senator stellte den Ventilator ab, und nun, ohne Aufwind, ließen sich die Banknoten auf den Gegenständen des Zimmers nieder.

»Du siehst«, lächelte er, »sogar die Scheiße fliegt.«

Laura Farina setzte sich auf einen Schulhocker. Sie hatte eine glatte gespannte Haut von der Farbe und Sonnendichte des Rohöls, ihr Haar war die Mähne eines Stutenfüllens, und ihre riesigen Augen waren heller als das Licht. Der Senator folgte dem Strahl ihres Blicks und stieß schließlich auf die vom Schwefel mitgenommene Rose.

»Es ist eine Rose«, sagte er.

»Ja«, sagte sie mit einer Spur von Ratlosigkeit. »Ich habe die Rosen in Riohacha kennengelernt.«

Von den Rosen sprechend, setzte sich der Senator auf das Feldbett, während er sich das Hemd aufknöpfte. Auf der Seite der Brust, unter der er sein Herz vermutete, trug er die Seeräubertätowierung eines vom Pfeil durchbohrten Herzens. Er warf das nasse Hemd auf den Boden und bat Laura Farina, ihm beim Ausziehen der Stiefel zu helfen.

Sie kniete vor der Pritsche nieder. Der Senator musterte sie nachdenklich, und während sie ihm die Schnürsenkel löste, fragte er sich, wem von beiden diese Begegnung Unglück bringen würde.

»Du bist ja noch ein Kind«, sagte er.

»Glauben Sie das nicht«, sagte sie. »Ich werde neunzehn im April.«

Der Senator wurde neugierig.

»An welchem Tag?«

»Am elften«, sagte sie.

Der Senator fühlte sich besser. »Wir sind Widder«, sagte er. Und fügte lächelnd hinzu:

»Das ist das Zeichen der Einsamkeit.«

Laura Farina schenkte ihm keine Aufmerksamkeit, denn sie wußte nicht, was sie mit den Stiefeln anfangen sollte. Der Senator seinerseits wußte nicht, was er mit Laura Farina anfangen sollte, weil er nicht an unvorhergesehene Liebschaften gewöhnt war, außerdem war ihm bewußt, daß so etwas seinen Ursprung in Würdelosigkeit hatte. Nur um Zeit zu gewinnen, hielt er Laura Farina mit den Knien gefangen, umschlag ihre Taille und legte sich mit dem Rücken auf die Pritsche. Nun begriff er, daß sie unter dem Kleid nackt war, weil ihr Körper einen dunklen Waldtiergeruch verströmte, doch ihr Herz war erschrocken und ihre Haut von eiskaltem Schweiß verstört.

»Niemand mag uns«, seufzte er.

Laura Farina wollte etwas sagen, aber die Luft reichte ihr nur zum Atmen. Um ihr zu helfen, legte er sie neben sich, löschte das Licht, und der Raum sank ins Halbdunkel der Rose. Sie überließ sich der Barmherzigkeit ihres Schicksals. Der Senator liebkoste sie lange, suchte sie mit der Hand, ohne sie richtig zu berühren, doch wo er sie zu finden hoffte, stieß er gegen ein eisernes Hindernis.

»Was hast du da?«

»Ein Schloß«, sagte sie.

»Was für ein Unsinn!« sagte der Senator wütend und fragte, was er genau wußte: »Wo ist der Schlüssel?«

Laura Farina atmete erleichtert auf.

»Mein Papa hat ihn«, erwiderte sie. »Er hat gesagt, ich soll Ihnen sagen, Sie sollen ihn durch einen Boten holen lassen und sollen ihm eine schriftliche Bestätigung mitgeben, daß Sie seine Angelegenheit regeln werden.«

Der Senator verkrampfte sich. »Hahnreifranzmann«, murmelte er empört. Dann schloß er die Augen, um sich zu entspannen, und begegnete sich selber in der Dunkelheit. *Denk daran,* so erinnerte er sich, *daß ihr, bist du es nun oder ist es ein anderer, in Kürze tot sein werdet und bald danach von euch nicht mal der Name übrig sein wird.* Er wartete, bis sein Schüttelfrost vorüber war.

»Sag mir etwas«, fragte er dann. »Was hast du von mir reden hören?«

»Die wahrhaftige Wahrheit?«

»Die wahrhaftige Wahrheit.«

»Gut«, wagte Laura Farina zu sagen. »Man sagt von Ihnen, daß Sie schlimmer sind als die anderen, weil Sie verschieden von ihnen sind.«

Der Senator wurde nicht ärgerlich. Er schwieg lange mit geschlossenen Augen, und als er sie öffnete, schien er zurückgekehrt von seinen verborgensten Instinkten.

»Zum Donnerkeil«, schloß er. »Sag dem Hahnrei von deinem Vater, daß ich seine Angelegenheit regeln werde.«

»Wenn Sie wollen, hol' ich selber den Schlüssel«, sagte Laura Farina.

Der Senator hielt sie zurück.

»Vergiß den Schlüssel«, sagte er, »und schlaf ein Weilchen mit mir. Es ist gut, jemanden bei sich zu haben, wenn man allein ist.«

Nun bettete sie ihn auf ihre Schulter, die Augen auf die Rose geheftet. Der Senator umschlang ihre Taille, verbarg sein Gesicht in ihrer Waldtierachselhöhle und erlag dem Schrecken. Sechs Monate und elf Tage später sollte er in der gleichen Stellung sterben, zerrüttet und verworfen durch das öffentliche Ärgernis mit Laura Farina, und weinend aus Wut, daß er ohne sie starb.

Die letzte Reise des Gespensterschiffs

Jetzt sollt ihr sehen, wer ich bin, sagte er zu sich mit seiner neuen Männerstimme, viele Jahre nachdem er zum ersten Mal den riesigen Überseedampfer gesehen hatte, der ohne Lichter und ohne Lärm eines Nachts am Dorf vorübergefahren war wie ein großer unbewohnter Palast, größer als das ganze Dorf und viel höher als der Turm seiner Kirche, und im Dunkeln auf die auf der anderen Seite der Bucht gegen die Bukaniere befestigte Kolonialstadt zugesegelt war mit ihrem alten Negersklavenhafen und dem kreisenden Leuchtturm, dessen düstere Windmühlenflügel aus Licht alle fünfzehn Sekunden das Dorf zu einem Mondlager aus phosphoreszierenden Häusern und vulkanischen Wüstenstraßen verklärten, und wenn er auch damals ein Knabe ohne Männerstimme gewesen war, aber die Erlaubnis seiner Mutter hatte, bis spät am Strand die nächtlichen Harfen des Windes zu hören, so konnte er sich noch so daran erinnern, als sähe er, wie der Überseedampfer verschwand, wenn das Licht des Leuchtturms ihn in der Flanke traf, und wieder auftauchte, wenn das Licht vorbeigeglitten war, so daß es ein Wechselschiff war, das bis zur Einfahrt in die Bucht auftauchte und untertauchte und schlafwandlerisch tastend die Bojen suchte, welche die Fahrtrinne des Hafens anzeigten, bis wohl etwas mit seiner Kompaßnadel schiefging, denn das Schiff trieb auf die Klippen zu, lief auf Grund, ging in Stücke und sank ohne jegliches Geräusch, auch wenn ein derartiger Aufprall auf die Riffe ein eisernes Getöse hätte hervorrufen müssen, und eine Maschinenexplosion, welche die im Tiefschlaf versunkenen Drachen hätte zu Eis erstarren lassen müssen in dem prähistorischen Urwald, der in den letzten Straßen der Stadt begann und auf der anderen Seite der Welt endete, so daß der Junge selber glaubte, es sei ein Traum gewesen, zumal am nächsten Tag, als er das strahlende Aquarium der Bucht sah, das farbige Wirrwarr der Negerbaracken auf den Hügeln des Hafens, die Schoner der Schmuggler aus den Guayanas, die ihre Ladungen unschuldiger Papageien empfingen, welche die Kröpfe voller Diamanten hatten, und er dachte, ich bin eingeschlafen, als ich die Sterne zählte, und habe von diesem gewaltigen Schiff geträumt, gewiß, er war so überzeugt davon, daß er es niemandem erzählte und sich auch nicht an die Vision erinnerte bis zur gleichen Nacht im darauffolgenden März, als er rötliches Gewölk von Delphinen im Meer suchte, und was er fand, war der trügerische Überseedampfer, düster, ein Wechseldampfer, mit der gleichen verfehlten Fahrtrichtung wie beim ersten Mal, nur daß der Junge diesmal so sicher war, wach zu sein, daß er lief und es seiner Mutter erzählte, und sie stöhnte drei Wochen lang vor Enttäuschung, weil dir dein Gehirn verfault, wenn du immer alles auf den Kopf stellst, den Tag verschläfst und die Nacht verbummelst wie Leute mit schlechtem Lebenswandel, und da sie in jenen Tagen in die Stadt gehen mußte, eine bequeme Sitzgelegenheit zu kaufen, um darauf an den toten Ehemann zu denken, weil die Kufen ihres Schaukelstuhls nach elf Jahren Witwenschaft verbraucht waren, nutzte sie die Gelegenheit, den Bootsmann zu bitten, daß er an den Riffen entlangfuhr, damit ihr Sohn sehen könne, was er auch tatsächlich im Schaufenster des Meeres sah, das Liebesspiel der Stachelrochen in einem Frühling von Schwämmen, rosafarbene Meerwölfe und die blauen Korvinen, die in andere Brunnen weicheren Wassers tauchten, die es zwischen dem Wasser gab, und sogar die umherirrenden Haarschöpfe der Ertrunkenen eines kolonialen Schiffbruchs, aber weder Spuren von untergegangenen Überseedampfern noch die irgendeines toten Kindes, und trotzdem war er so halsstarrig, daß seine Mutter versprach, ihn am Vorabend des nächsten Märztages zu begleiten, sicherlich ohne zu wissen, daß das einzig Sichere ihrer Zukunft ein Sessel aus Francis Drakes Zeiten war, den sie bei einer Türkenversteigerung erstanden hatte und auf den sie sich am selben Abend zum Ausruhen setzte, seufzend, ach mein armer Holofernes, wenn du sähest, wie gut man an dich denkt auf diesem Samtbezug mit Brokatverzierung vom Katafalk einer Königin, doch je heftiger sie ihren toten Mann beschwor, desto heftiger siedete das Blut in ihrem Herzen und wurde zu Schokolade, als renne sie statt zu sitzen, durchnäßt von Schüttelfrösten, den Atem voller Erde, bis der Sohn im Morgengrauen heimkehrte und sie tot im Sessel fand, noch warm, doch schon halb verfault wie nach einem Schlangenbiß, genauso, wie es später vier anderen Señoras erging, bevor sie den Mördersessel ins Meer warfen, weit hinaus, wo er niemandem etwas zuleide tun konnte, denn er war durch die Jahrhunderte derart abgenutzt worden und hatte folglich die Fähigkeit, Entspannung zu spenden, eingebüßt, so daß der Junge sich an die elende Eigenschaft einer Waise gewöhnen mußte und von allen als der Sohn der Witwe bezeichnet wurde, die den Thronsessel des Unglücks ins Dorf gebracht hatte, und er lebte dort weniger von der öffentlichen Nächstenliebe als von Fischen, die er aus den Booten stahl, während seine Stimme zu einem Brüllen anschwoll und er sich nicht mehr an seine einstige Vision erinnerte bis zu einer anderen Märznacht, in der er zufällig aufs Meer hinaussah, und dort, gute Mutter, dort ist er, der unheimliche Asbestwal, das brüllende Biest, kommt und seht es euch an, schrie er wahnsinnig, kommt und seht es, und er vollführte ein solches Hundegebell und Weibergezeter, daß sogar die ältesten Männer sich an ihre Urgroßväterschrecken erinnerten und unter ihre Betten krochen im Glauben, William Dampier sei zurückgekehrt, aber die, welche auf die Gasse stürzten, machten sich nicht die Mühe, den unwahrscheinlichen Apparat anzuschauen, der sich in diesem Augenblick im Osten verlor und im jährlichen Verhängnis unterging, sondern sie hieben auf den Sohn der Witwe ein und ließen ihn so kreuzlahm auf der Strecke, daß er sich auf der Stelle wutschnaubend schwor, jetzt sollt ihr sehen, wer ich bin, aber er hütete sich, jemandem seinen Entschluß anzuvertrauen, sondern er käute ein Jahr lang seine fixe Idee wieder, jetzt sollt ihr sehen, wer ich bin, während er auf die Wiederkehr des Vorabends der Erscheinungen wartete, damit er das tun könne, was er tat, er stahl sich nämlich ein Boot, überquerte die Bucht und wartete den ganzen Abend auf seine große Stunde im Gassengewirr des Sklavenhafens zwischen dem menschlichen Absud der Kariben, so versunken in sein Abenteuer, daß er weder wie sonst vor den Marktbuden der Hindus stehenblieb und die aus einem ganzen Elefantenzahn geschnitzten Elfenbeinmandarine angaffte, noch sich über die holländischen Neger auf ihren orthopädischen Velozipeden lustigmachte, auch hatte er nicht wie zu anderen Zeiten Angst vor den kupferhäutigen Malaien, die um die Welt gereist waren, angelockt von der Schimäre eines verborgenen Gasthofs, wo es Lenden von Brasilianerinnen vom Holzkohlenfeuer zu essen gab, denn er merkte gar nichts, bis die Nacht mit dem ganzen Gewicht der Sterne ihn überfiel und der Urwald das süße Arom der Gardenien und modrigen Salamander verströmte, und schon ruderte er im gestohlenen Boot bis zur Einfahrt der Bucht, mit gelöschter Lampe, um nicht die Zollbeamten aufmerksam zu machen, alle fünfzehn Sekunden vom grünen Flügelschlag des Leuchtturms verklärt und gleich wieder von der Dunkelheit vermenschlicht, wohl wissend, daß er in die Nähe der Bojen geriet, welche die Fahrtrinne des Hafens markierten, nicht nur weil ihr beklemmender Schimmer zunahm, sondern weil der Atem des Wassers trauriger wurde, und er ruderte so selbstversunken, daß er weder wußte, woher so plötzlich das fürchterliche Haigeschnaube drang, noch warum die Nacht so dicht wurde, als seien plötzlich die Sterne gestorben, doch da war der Überseedampfer mit all seinem unfaßbaren Umfang, Mutter, größer als irgend etwas Großes auf der Welt und dunkler als irgend etwas Dunkles auf der Erde oder im Wasser, dreihunderttausend Tonnen Haigeruch, und glitt so nahe an seinem Boot vorüber, daß er die Ränder des stählernen Abgrunds sehen konnte, ohne ein einziges Licht in den endlosen Ochsenluken, ohne einen Seufzer in den Maschinen, ohne eine Seele, und nahm seine ureigene Welt der Stille mit, seinen eigenen leeren Himmel, seine eigene tote Luft, seine stillstehende Zeit, sein umherirrendes Meer, in dem eine ganze Welt ertrunkener Fische schwamm, und plötzlich verschwand all das mit dem Schein des Leuchtturms, und einen Augenblick lang kehrte die durchscheinende Karibische See wieder, die Märznacht, die alltägliche Luft der Pelikane, so daß der Junge allein blieb zwischen den Bojen, ohne zu wissen was tun, und sich verwundert fragte, ob er nicht einem Wachtraum erlegen sei, nicht nur jetzt, sondern auch bei den anderen Malen, doch kaum hatte er sich das gefragt, als ein geheimnisvoller Hauch die Bojen von der ersten bis zur letzten löschte, so daß, als die Helligkeit des Leuchtturms schwand, der Überseedampfer wieder erschien mit verdrehten Kompässen, vielleicht ohne zu wissen, an welcher Stelle des ozeanischen Meers er sich befand, tastend die unsichtbare Fahrtrinne suchte, aber in Wirklichkeit den Klippen zutrieb, bis der Junge die überwältigende Offenbarung erfuhr, daß das Mißgeschick mit den Bojen der letzte Schlüssel der Verzauberung war, und so zündete er die Bootslampe an, ein winziges rotes Lämpchen, das niemanden auf den Wachtürmen zu beunruhigen brauchte, das aber für den Lotsen wie eine orientalische Sonne sein mußte, denn dank seiner berichtigte der Überseedampfer seinen Kurs und fuhr mit einem Manöver glücklicher Auferstehung in das große Tor der Fahrtrinne ein, und nun leuchteten all seine Lichter gleichzeitig auf, die Kessel summten von neuem, die Sterne hefteten sich an ihren Himmel, und die Tierleichen sanken in die Tiefe, und da gab es Tellergeklapper und Lorbeertunkenduft in den Küchen, und man hörte die Baßtube der Schiffskapelle auf den Monddecks und das Pochen im Blut der Hochseeverliebten im Halbdunkel der Kabinen, der Sohn der Witwe aber trug noch so viel verspätete Wut mit sich herum, daß er sich nicht von der Erregung betören, noch vom Wunder einschüchtern ließ, sondern er sagte sich entschlossener denn je, jetzt sollt ihr sehen, wer ich bin, Feiglinge, jetzt sollt ihr es sehen, und statt beizudrehen, um nicht von der kolossalen Maschine gerammt zu werden, begann er vor ihr herzurudern, denn jetzt sollt ihr sehen, wer ich bin, und er gab dem Schiff mit seiner Lampe die Richtung an, bis er dessen Gefolgschaft so sicher war, daß er es zwang, den Kurs auf die Kais von neuem zu ändern, und er lenkte es von der unsichtbaren Fahrtrinne fort und führte es am Halfter wie ein Seelamm auf die Lichter des schlafenden Dorfs zu, ein Schiff, lebendig und unverwundbar durch die Speere des Leuchtturms, die es nun nicht mehr unsichtbar machten, sondern alle fünfzehn Sekunden in Aluminium verwandelten, und schon begannen sich die Kreuze der Kirche abzuzeichnen, das Elend der Häuser, die Selbsttäuschung, und noch immer fuhr der Überseedampfer hinter ihm her, folgte ihm mit allem, was er in seinem Rumpf mitführte, seinem auf der Herzseite schlagenden Kapitän, den Kampfstieren im Schnee seiner Speisekammern, den einsamen Kranken in seinem Krankenrevier, dem verwaisten Wasser in seinen Zisternen, dem unerlösten Lotsen, der wohl die Klippen mit den Kaimauern verwechselt hatte, denn in diesem Augenblick brach das unheimliche Sirenengeheul los, zum ersten Mal, und er wurde von dem herabschießenden Dampfstrahl durchnäßt, zum zweiten Mal, und das fremde Boot kenterte fast, zum dritten Mal, aber schon war es zu spät, denn da waren die Muscheln des Strandes, die Steine der Straße, die Türen der Ungläubigen, das ganze Dorf, erleuchtet von den Lichtern des entsetzten Überseedampfers, und der Sohn der Witwe fand kaum Zeit, der Flutkatastrophe auszuweichen und inmitten des Aufruhrs zu brüllen, da habt ihr's, ihr Feiglinge, eine Sekunde bevor der gewaltig-stählerne Schiffsrumpf die Erde spaltete und das deutliche Höllengeklirr der neunzigtausendfünfhundert Champagnergläser aufbrandete, die eines nach dem anderen vom Bug zum Heck zerbarsten, und dann ward Licht, und es war nicht mehr das märzliche Morgenrot, sondern ein strahlender Mittwochnachmittag, und mit Vergnügen sah er die Ungläubigen, die den größten Überseedampfer dieser Welt und der anderen Welt betrachteten, gestrandet gegenüber der Kirche, weißer als alles, zwanzig Mal höher als der Kirchturm und etwa siebenundneunzig Mal länger als das Dorf, der Name *halalcsillag* war mit eisernen Lettern eingegraben, und noch immer rannen über seine Seiten die uralten ermatteten Wasser der Todesmeere.

Blacamán der Gute, Wunderverkäufer

Vom ersten Sonntag an, als ich ihn gesehen hatte, kam er mir vor wie der Maulesel eines Quacksalbers, mit seinen samtenen goldgesteppten Hosenträgern, seinen edelsteinbunten Ringen an allen Fingern und seinem Schellenzopf, wie er da auf einem Tisch im Hafen von Santa María del Darién stand, zwischen Medizinflaschen und Trostkräutern, die er höchstpersönlich zubereitete und laut schreiend in den Ortschaften des Karibischen Meeres feilbot; nur suchte er zunächst nichts von jenen Indioferkeleien zu verkaufen, sondern bat, man möge ihm eine echte Viper bringen, damit er am eigenen Leib ein Gegengift seiner Erfindung vorführen könne, und zwar das einzig unfehlbare, meine Damen und Herren, gegen Bisse von Schlangen, Taranteln und Tausendfüßlern sowie von jedwedem gifthaltigen Säugetier. Jemand, der stark beeindruckt schien von seiner Entschlossenheit, brachte ihm in einer Flasche, niemand wußte woher, eine der schlimmsten Mapaná-Schlangen, eine von der Sorte, die zunächst einmal den Atem vergiften, und er öffnete die Flasche mit so viel Lust, daß wir alle glaubten, er wollte die Schlange verzehren, doch kaum fühlte sich das Tier frei, als es aus der Flasche sprang und ihm einen Scherenschnitt in den Hals versetzte, daß es ihm den Atem für seine Rednerkunst verschlug und er kaum Zeit fand, das Gegengift zu schlucken, als seine Sonntags-Poliklinik schon im hohen Bogen über die Menschenmenge sauste und er sich mit seinem massigen zügellosen Körper auf dem Boden wälzte, als sei er von innen hohl, und zugleich lachte er mit all seinen Goldzähnen los. Das Getöse war so ohrenbetäubend, daß ein Panzerkreuzer aus dem Norden, der seit nahezu zwanzig Jahren auf gut-nachbarlichem Besuch an der Mole lag, Quarantäne verhängte, damit das Schlangengift nicht an Bord stieg, und schon kamen die Leute, die den Palmsonntag heiligten, mit ihren geweihten Palmzweigen aus der Messe gerannt, denn niemand wollte die Vorstellung des Vergifteten versäumen, der bereits anschwoll von Todesluft und doppelt so dick war wie vorher, Gallenschaum spie und durch die Poren schnaufte, doch noch immer mit so viel Lebenskraft lachte, daß die Schellen ihm über den ganzen Leib klingelten. Die Schwellung sprengte die Verschnürung seiner Gamaschen und die Nähte seiner Kleider, die Finger wurden durch den Druck der Ringe puttendick, er bekam die Farbe von Hirsch in Beize, und durchs Hinterteil entwichen ihm zärtliche Abschiedsworte, so daß jeder, der schon einen Schlangengebissenen gesehen hatte, wußte, daß er vor dem Sterben faulen und derart zerfallen würde, daß man ihn mit einer Schaufel würde einsammeln müssen, um ihn in einen Sack zu stecken, aber auch dachte, daß er noch in seinem sägemehlartigen Zustand weiterlachen würde. Das Ganze war derart unglaublich, daß die Marineinfanteristen die Schiffsdecks erkletterten, um mit dem Teleobjektiv Buntaufnahmen von ihm zu machen, doch die aus der Messe herbeiströmenden Frauen vereitelten diese Absicht, denn sie bedeckten den Sterbenden mit einem Umhang und breiteten ihre Palmzweige darüber, die einen, weil es ihnen mißfiel, daß die Infanteristen den Leib mit Adventistenapparaten entweihten, andere, weil es sie ängstigte, weiterhin diesen Götzenanbeter anschauen zu müssen, der imstande war, vom Totlachen den Tod zu finden, dritte vielleicht in der Hoffnung, daß sich wenigstens seine Seele entgiftete. Alle Welt hielt ihn denn auch für tot, als er die Zweige mit einem Schwimmstoß beiseite schob, noch halb benommen und ganz verstört von der erlittenen

Widrigkeit, doch brachte er ohne jegliche Hilfe den Tisch wieder in Ordnung, krabbelte wie ein Krebs hinauf und schrie von neuem, jenes Gegengift sei schlicht und einfach Gottes Hand in einem Fläschchen, wie wir alle mit unseren leibhaftigen Augen gesehen hätten, obwohl es nur zwei Viertelreale koste, weil er es nicht als Geschäft erfunden habe, sondern als Wohltat für die Menschheit, doch wer will da eins, meine Damen und Herren, einer nach dem anderen, nur nicht drängeln, es reicht für alle.

Natürlich drängelten sie sich, und sie taten gut daran, denn schließlich reichte es doch nicht für alle. Sogar der Admiral des Panzerkreuzers nahm ein Fläschchen mit, überzeugt, daß es auch gut gegen die vergifteten Bleikugeln der Anarchisten sein würde, und die Matrosen, die sich nicht allein damit zufriedengaben, ihn auf den Tisch geklettert in Bunt aufzunehmen, weil sie ihn tot nicht hatten knipsen können, ließen sich Autogramme von ihm geben, bis der Krampf ihm den Arm verrenkte. Jetzt war es fast Nacht, und nur die Verdutztesten von uns blieben im Hafen zurück, als sein Auge einen suchte, dessen Gesicht dumm genug war, um ihm beim Verwahren der Flaschen zu helfen, und natürlich blieb es an mir haften. Das war wie das Auge des Schicksals, nicht nur des meinen, sondern auch des seinen, doch das ist über ein Jahrhundert her, aber wir beide erinnern uns noch daran, als sei es letzten Sonntag gewesen. Die Sache ist die: Als wir seine Zirkusapotheke in jene Truhe mit purpurroten Strikken packten, die eher der Grabstätte eines Gelehrten glich, sah er wohl ein Licht in meinem Innern, das er bislang übersehen hatte, denn er fragte mich hinterhältig, wer bist du, und ich antwortete, ich bin das einzige vater- und mutterlose Waisenkind, dessen Papa noch nicht gestorben ist, und er stieß ein noch dröhnenderes Gelächter aus als während seiner Vergiftung, und dann fragte er mich, was treibst du im Leben, und ich antwortete, ich treibe nicht mehr, als am Leben zu sein, weil alles übrige die Mühe nicht lohnt, und noch immer vor Lachen weinend fragte er, welche Wissenschaft möchtest du am liebsten auf der Welt erlernen, und nun war es das einzige Mal, daß ich wahrhaft ohne Spott antwortete: ich möchte Wahrsager werden, und jetzt lachte er nicht wieder, sondern sagte, als denke er laut, dazu fehle mir wenig, ich besäße nämlich bereits das, was am leichtesten zu erlernen sei, und das sei mein dummes Gesicht. Am selben Abend sprach er mit meinem Vater, und für einen Real und zwei Viertelreale und ein Kartenspiel zum Vorhersagen von Ehebrüchen erhandelte er mich von ihm für immer.

So war Blacamán, der Böse, denn der Gute bin ich. Er war fähig, einen Astronom davon zu überzeugen, daß der Monat Februar nicht mehr sei als eine Herde unsichtbarer Elefanten, doch wenn das Glück ihm den Rücken kehrte, wurde er roh im Herzen. In seinen Ruhmeszeiten war er Einbalsamierer von Vizekönigen gewesen, und es heißt, er habe ihnen ein so hoheitsvolles Gesicht aufgesetzt, daß sie noch viele Jahre besser weiterregierten als zu Lebzeiten und niemand sie zu begraben wagte, solange er ihnen nicht ihr Totenantlitz zurückgegeben hatte, doch dann litt sein Ansehen durch die Erfindung eines unendlichen Schachspiels, das einen Kaplan zum Wahnsinn trieb und zwei berühmte Selbstmorde herbeiführte, und so sank er vom Traumdeuter zum Geburtstagshypnotiseur, vom Bakkenzahnzieher durch Suggestion zum Jahrmarktskurpfuscher, auf eine Art und Weise, daß zu der Zeit, als wir uns kennenlernten, sogar die Freibeuter ihn scheel anblickten. Nun ging's bergab mit unserem Schacherhandel, und das Leben war ein ewiger Kummer, wenn wir die Stuhlzäpfchen zu verkaufen suchten, welche die Schmuggelhändler durchsichtig machten, die Geheimtropfen, welche die getauften Ehefrauen ihren holländischen Ehemännern in die Suppe taten, um ihnen Gottesfurcht einzuflößen, und alles, was Sie sonst aus freiem Willen kaufen möchten, meine Damen und Herren, denn das ist kein Befehl, sondern ein Rat, und schließlich und endlich ist auch das Glück keine Verpflichtung. Im übrigen: mochten wir uns auch noch so sehr über seine Einfälle totlachen, wahr ist, daß sie uns mit knapper Not zum Essen reichten, und seine letzte Hoffnung fußte auf meiner Berufung zum Wahrsager. So sperrte er mich in die Begräbnistruhe, als Japaner verkleidet und mit Schiffsketten gefesselt, damit ich soviel wie möglich wahrsagte, während er seine Grammatik wälzte, auf der Suche nach der besten Manier, die Welt von meiner neuen Wissenschaft zu überzeugen, und hier, meine Damen und Herren, sehen Sie dieses Geschöpf geblendet von Hesekiels Glühwürmchen, und Sie, der Sie noch immer mit Ihrem ungläubigen Gesicht dastehen, wollen wir mal sehen, ob Sie den Mut aufbringen, ihn zu fragen, wann Sie sterben werden, aber ich brachte es nicht mal fertig, das Datum, das wir schrieben, wahrzusagen, daher setzte er mich als Wahrsager ab, weil nämlich das Einschläfernde der Verdauung dir die Drüse der Vorahnung verdreht, und nachdem er mir mit dem Prügel einen über den Schädel gezogen hatte, um sein Glück wiederherzustellen, beschloß er, mich zu meinem Vater zurückzubringen, damit der ihm seinen Zaster wiedergäbe. Übrigens entdeckte er zu jener Zeit eine praktische Verwertungsweise für die Elektrizität des Leidens und machte sich daran, eine Nähmaschine herzustellen, die durch Schröpfköpfe mit dem schmerzenden Körperteil zu verbinden war. Da ich die ganze Nacht hindurch über die Prügel klagte, die er mir gegeben hatte, um sein Unglück zu bannen, mußte er mich zwangsläufig als Erprober seiner Erfindung behalten, und so verzögerte sich unsere Rückkehr, und seine gute Laune stellte sich wieder ein, bis die Maschine so brav arbeitete, daß sie nicht nur besser nähte als eine Novizin, sondern überdies Vögel stickte und Sternbilder, je nach Lage und Stärke des Schmerzes. Und so waren wir überzeugt, wieder einmal jede Widrigkeit überlistet zu haben, als die Nachricht eintraf, der Kommandant des Panzerkreuzers sei auf die Idee gekommen, die Probe des Gegengiftes in Philadelphia zu wiederholen, wobei er sich vor seinem Generalstab in Admirals-Mus verwandelt habe.

Lange Zeit lachte er nicht wieder. Wir entwischten auf Indiopfaden, und je tiefer wir uns verirrten, desto deutlicher drangen Stimmen zu uns, die sagten, die Marineinfanteristen hätten die Nation überfallen unter dem Vorwand, das Gelbfieber auszurotten, und seien dabei, jeden altgedienten oder mußmaßlichen Säufer, auf den sie unterwegs stießen, zu köpfen, und zwar nicht nur die Eingeborenen aus Vorsicht, sondern auch die Mischlinge aus Versehen, die Neger aus Gewohnheit und die Hindus als Schlangenbeschwörer, und dann räumten sie mit der Fauna auf und der Flora und soweit wie möglich mit dem mineralischen Reich, denn ihre Fachleute für unsere Gegend hatten ihnen beigebracht, die Bewohner des Karibischen Meers besäßen die Fähigkeit, ihre Natur zu ändern, um die Gringos zu verwirren. Ich begriff nicht, woher ihre Wut kam und weshalb wir solche Angst hatten, ehe wir uns in den ewigen Winden des Guajira sicher fühlten und er erst dort den Mut fand zu bekennen, sein Gegengift sei nichts als Rhabarber mit Terpentin; er habe jedoch einem Schwachkopf zwei Viertelreale gezahlt, damit er ihm jene Schlange ohne Gift brachte. Wir blieben in den Ruinen einer Kolonialmission, der irrigen Hoffnung hingegeben, daß Schmuggler vorbeikämen, die vertrauenswürdige Männer und als einzige fähig wären, sich in die Quecksilbersonne jener Salpeterwüsten zu wagen. Anfangs aßen wir über Ruinenblumen geräucherte Salamander, und es blieb uns sogar noch die Lust zum Lachen, als wir uns anschickten, seine gekochten Gamaschen zu verspeisen, doch schließlich verzehrten wir sogar die wäßrigen Spinnweben aus den Zisternen, und erst jetzt merkten wir, wie sehr uns die Welt fehlte. Da ich zu jener Zeit kein Heilmittel gegen den Tod kannte, legte ich mich, um ihn zu erwarten, einfach dort nieder, wo er mir am wenigsten wehtun würde, während er in der Erinnerung von einer Frau schwärmte, die so sanft war, daß sie mit einem Seufzer durch die Wände drang, doch auch diese erfundene Erinnerung war nur ein Kunstgriff seiner Findigkeit, um den Tod mit Liebeskummer zu überlisten. Jedenfalls: in der Stunde, in der wir hätten sterben sollen, trat er lebendiger denn je auf mich zu, beobachtete die ganze Nacht meine Todesqual und dachte so scharf nach, daß ich bis heute nicht weiß, ob das, was zwischen den Ruinen pfiff, der Wind war oder seine Gedanken, und noch vor dem Morgengrauen sagte er mir mit der Stimme und der Entschlußkraft von einst, jetzt kenne er die Wahrheit, und die lautete, ich hätte ihm wiederum das Glück verbogen, drum bind dir die Hosen fest, denn was du mir verbogen hast, wirst du mir jetzt zurechtbiegen.

Nun schwand der Rest Zuneigung, den ich für ihn empfand. Er riß mir die letzten Fetzen vom Leib, wickelte mich in Stacheldraht, rieb mit Salpetersteinen über meine Wunden, legte mich in die Lauge meines eigenen Wassers, hängte mich an den Fußknöcheln auf, um mich in der Sonne zu beizen, und schrie dabei, die Züchtigung sei noch nicht schwer genug, um seine Verfolger zu beschwichtigen. Endlich ließ er mich in meinem eigenen Elend verfaulen, und zwar in dem Bußkerker, in dem die Kolonialmissionare die Ketzer wieder zum Glauben erweckt hatten, und mit der ihm verbliebenen Hinterhältigkeit des Bauchredners ahmte er die Stimmen der Haustiere nach, das Geraun der Rüben im Oktober und das Gemurmel der Quellen, um mich mit der Täuschung zu quälen, ich stürbe vor lauter Not im Paradies. Als ihn dann endlich die Schmuggler versorgten, stieg er in den Kerker hinab und gab mir etwas zu essen, um mich nicht sterben zu lassen, doch gleich darauf ließ er mich die empfangene Mildtätigkeit bezahlen, indem er mir die Fingernägel mit Zangen ausriß und mir die Zähne mit Mahlsteinen stutzte, und mein einziger Trost war mein Wunsch, das Leben möge mir die Zeit und das Glück schenken, mich für so viel Niedertracht durch andere, schlimmere Martern schadlos zu halten. Ich selbst staunte, daß ich fähig war, den Pesthauch meiner eigenen Fäulnis auszuhalten, und trotzdem schüttelte er die Reste seiner Mittagessen über mich aus, erschlug Wüstentiere und verteilte sie in den Ecken, damit die Kerkerluft sich vollends vergiftete. Ich weiß nicht, wieviel Zeit vergangen war, als er mir eine Kaninchenleiche brachte, um mir zu beweisen, daß er es vorzog, sie verfaulen zu lassen, statt sie mir zu essen zu geben, aber meine Geduld war am Ende, und mir blieb nur die Wut, so daß ich das Kaninchen an den Ohren packte und gegen die Wand schleuderte, während ich mir einbildete, ihn zu zerschellen und nicht das Tier, und nun geschah es wie im Traum: Das Kaninchen erstand nicht nur mit Schreckensgeschrei zu neuem Leben, sondern kehrte auch durch die Luft laufend in meine Hände zurück.

So begann mein großes Leben. Seitdem ziehe ich durch die Welt und befreie die Sumpffieberkranken für zwei Pesos von ihrem Fieber, mache die Blinden für vierfünfzig sehend, entwässere die Wassersüchtigen für achtzehn, biege die Krüppel für zwanzig Pesos gerade, falls sie es von Geburt an sind, für zweiundzwanzig, falls sie es durch Unfall oder Schlägereien sind, für fünfundzwanzig, falls sie es durch Krieg, Erdbeben, Landung der Infanterie oder andere öffentliche Verhängnisse geworden sind, ich behandle die gewöhnlichen Kranken en gros durch Sondervereinbarung, die Verrückten je nach ihrem Thema, die Kinder zum halben Preis und die Dummköpfe aus Dankbarkeit, und da soll sich einer unterstehen zu behaupten, ich sei kein Menschenfreund, meine Madamen und Kavaliere, und nun, Herr Kommandant der Zwanzigsten Flotte, befehlen Sie Ihren Jungens, daß sie die Barrikaden forträumen, damit die kranke Menschheit aufmarschieren kann, die Schwärenbedeckten linkerhand, die Fallsüchtigen rechterhand, die Gichtbrüchigen, wo sie nicht stören, und dort hinten die weniger eiligen Fälle, doch bitte drängeln Sie mir nicht, denn ich kann hinterher keine Verantwortung übernehmen, wenn sich Ihre Krankheiten vermischen und Sie von etwas geheilt werden, das Sie gar nicht haben, und die Musik soll weiterspielen, bis das Kupfer kocht, und die Raketen sollen steigen, bis die Engel verbrennen, und der Weinbrand soll einheizen, bis er das Denken tötet, und die Küchendragoner sollen kommen und die Seiltänzer und die Schlächter und die Fotografen, und all das auf meine Rechnung, meine Madamen und Kavaliere, denn hier hat der schlechte Ruf der Blacamánes ein Ende, und nun beginnt das weltweite Durcheinander. So werde ich euch denn einschläfern mit Abgeordnetentechnik, falls mir der Verstand ausgeht und mir einige kränker werden, als sie es vorher waren. Das einzige, was ich nicht mehr mache, ist Tote erwecken, denn sobald sie die Augen aufmachen, schlagen sie aus Wut und Rache den tot, der ihre Ruhe stört, und so sterben am Ende wiederum aus Enttäuschung die, welche sich nicht selbst umbringen. Anfangs verfolgte mich ein Schwarm von Gelehrten, um die Legalität meiner Unternehmung zu untersuchen, und als sie sich davon überzeugt hatten, bedrohten sie mich mit der Hölle Simons des Zauberers und empfahlen mir ein bußfertiges Leben, damit ich den Stand des Heiligen erreichte; doch, ohne ihre Autorität gering zu achten, erwiderte ich ihnen, daß ich gerade damit begonnen hätte. Wahr ist, daß ich, seitdem ich tot bin, von dem Stand des Heiligen nichts gewinne, denn ich bin ja Künstler, und das einzige, was ich will, ist am Leben zu sein, um völlig nutz- und sinnlos mit dieser Sechszylinder-Kabriolimousine, die ich dem Konsul der Infanteristen abgekauft habe, herumzukutschieren, mit diesem Trinidarier-Chauffeur, der einst Bariton der Piratenoper von New Orleans war, mit meinen schicken Reaktionärshemden, meinen fernöstlichen Duftwässern, meinen Topaszähnen, meinem Tatarenhut und meinen zweifarbigen Halbstiefeln, und ich schlafe ohne Wekker und tanze mit den Schönheitsköniginnen, die hinterher ganz betört sind von meiner Wörterbuchrhetorik, und ohne daß mir die Milz zittert, wenn mir eines Aschermittwochs die Geistesgaben schwinden, denn um dieses Geistlichenleben weiterzuführen, habe ich genug mit meinem Dummkopfgesicht und übergenug mit meiner Ladenkette von hier bis über die Abenddämmerung hinaus, wo dieselben Touristen, die uns für den Admiral hatten blechen lassen, jetzt alles auf den Kopf stellen, um Bilder mit meiner Unterschrift zu kaufen, Almanache mit meinen Liebesgedichten, Medaillons mit meinem Profil, Fetzen meiner Kleider, und all das ohne den gloriosen Alptraum, Tag und Nacht in Reitermarmor gehauen zu sein und von Schwalben bekackt wie die Väter des Vaterlandes.

Schade, daß Blacamán der Böse diese Geschichte nicht wiederholen kann, damit Sie sehen, daß nichts daran erfunden ist. Das letzte Mal, als jemand ihn sah in dieser Welt, hatte er sogar den letzten Rest seines alten Glanzes verloren, seine Seele war abgetakelt, und seine Knochen waren aus den Fugen durch die Härte der Wüste, doch waren ihm gleichwohl ein paar Schellen übriggeblieben, um an jenem Sonntag wieder im Hafen von Santa María del Darién mit der ewigen Begräbnistruhe zu erscheinen, nur daß er nun kein Gegengift zu verkaufen suchte, sondern mit einer vor Aufregung schartigen Stimme bat, die Marineinfanteristen möchten ihn in öffentlichem Schauspiel erschießen, damit er am eigenen Fleisch die Auferstehungsmöglichkeiten dieses übernatürlichen Geschöpfs beweisen könne, meine Damen und Herren, und wenn Sie auch mehr als recht haben, mir nicht zu glauben, nachdem Sie so lange Zeit meine schlimmen Flunkerer- und Fälscherschliche über sich ergehen lassen mußten, so schwöre ich Ihnen bei den Knochen meiner Mutter, daß diese Probe heute nichts Übernatürliches hat, sondern die schlichte Wahrheit ist, sollten Sie aber dennoch Zweifel hegen, so beachten Sie bitte, daß ich jetzt nicht mehr lache wie einst, sondern kaum die Lust zum Weinen zurückhalten kann. Wie überzeugend war er doch, als er sich mit tränentriefenden Augen das Hemd aufknöpfte und sich Mauleselklapse aufs Herz verpaßte, um die beste Todesstelle anzuzeigen, und doch wagten die Marineinfanteristen nicht zu schießen, aus Angst, die Sonntagsmenschenmenge könne Zeuge ihrer Entwürdigung werden. Jemand, der vielleicht nicht die Blacamánmanipulationen einer vergangenen Zeit vergessen hatte, brachte ihm, niemand wußte woher, in einer Blechbüchse ein paar giftige Kolbenschilfwurzeln, die gereicht hätten, um alle Rabenfische aus dem Karibischen Meer heraufzuholen, und er öffnete die Büchse mit so viel Lust, als wolle er sie allen Ernstes essen, und tatsächlich aß er sie, meine Damen und Herren, nur, bekommen Sie mir bitte kein Mitleid und beten Sie nicht für meine ewige

Ruhe, denn dieser Tod ist nichts als ein Besuch. Damals wurde er so geehrt, weil er nicht etwa opernhaftem Todesgeröchel verfiel, sondern nur vom Tisch wie ein Krebs krabbelte, auf dem Boden durch die ersten Zweifel hindurch den würdigsten Ort zum Hinlegen suchte, und von dort aus blickte er mich an wie eine Mutter und hauchte den letzten Stoßseufzer in seinen eigenen Armen aus, noch immer seine Mannestränen verhaltend und vom Wundstarrkrampf der Ewigkeit vorwärts und rückwärts verkrümmt. Das war freilich das einzige Mal, daß meine Wissenschaft versagte. Ich steckte ihn in jene Truhe von warnendem Ausmaß, worin er mit seinem ganzen Körper paßte, ich hieß ihn eine Rumpelmette singen, die mich viermal fünfzig Dublonen kostete, weil der Offiziant in Gold gekleidet war und im übrigen drei Bischöfe dabeisaßen, ich ließ ihm ein Kaisermausoleum auf einem den günstigsten Meerwettern ausgesetzten Hügel errichten mit einer Kapelle für ihn ganz allein und einem eisernen Grabstein, auf dem in großen gotischen Buchstaben geschrieben stand: Hier ruht Blacamán der Tote, böse genannt der Böse, Verspotter der Infanteristen und Opfer der Wissenschaft – und da mir diese Ehren ausreichten, um seinen Tugenden Gerechtigkeit widerfahren zu lassen, begann ich mich für seine Niederträchtigkeiten zu entschädigen, und nun erweckte ich ihn in seinem Panzergrab wieder zum Leben und ließ ihn sich dort herumwälzen in Schrecken. Das war lange bevor die Heuschreckenplage Santa María del Darién verschluckte, das Mausoleum aber steht unversehrt auf dem Hügel, im Schatten der Drachen, die ihn erklimmen, um dort in den atlantischen Winden zu schlafen, und jedesmal, wenn ich in die Gegend komme, bringe ich ihm ein Auto voll Rosen mit, und das Herz tut mir weh vor Erbarmen mit seinen Tugenden, doch dann lege ich das Ohr an den Grabstein, um ihn zwischen den Ruinen der zerstörten Truhe weinen zu hören, und falls er wieder gestorben ist, erwecke ich ihn wieder, denn die Gnade der Züchtigung soll in der Grabstätte weiterleben, solange ich am Leben bin, und das heißt, für immer.

Die unglaubliche und traurige Geschichte von der einfältigen Eréndira und ihrer herzlosen Großmutter

Eréndira badete die Großmutter, als der Wind ihres Unglücks zu wehen begann. Das in der Wüsteneinsamkeit verirrte riesige Herrenhaus aus Mondmörtelkalk erbebte beim ersten Stoß bis in seine Grundpfeiler. Doch Eréndira und die Großmutter waren für die Gefahren der entfesselten Natur geschaffen und merkten kaum die Heftigkeit des Windes in dem mit Pfauenreihen und Mosaikknaben römischer Thermen geschmückten Bad.

Die Großmutter, nackt und massig, glich in dem Marmorbecken einem herrlichen weißen Wal. Die Enkelin hatte kaum das vierzehnte Lebensjahr erreicht, war schmächtig und von zartem Knochenbau und zu sanft für ihr Alter. Mit einer Sparsamkeit, der etwas von heiliger Strenge anhaftete, machte sie der Großmutter Waschungen mit Wasser, in dem sie blutreinigende Pflanzen und duftende Blütenblätter aufgekocht hatte, die an dem saftigen Rücken hängen blieben, im drahtigen losen Haar, auf der machtvollen, erbarmungslos mit Seemannslohn tätowierten Schulter.

»Heute nacht habe ich geträumt, ich hätte einen Brief erwartet«, sagte die Großmutter.

Eréndira, die nur sprach, wenn es unerläßlich war, fragte: »Welcher Tag war es im Traum?«

»Donnerstag.«

»Dann war es ein Brief mit schlechten Nachrichten«, sagte Eréndira. »Aber er wird nie ankommen.«

Als sie die Großmutter gebadet hatte, brachte sie diese in ihr Schlafzimmer. Sie war so fett, daß sie nur gehen konnte, wenn sie sich auf die Schulter der Enkelin stützte oder auf einen Stock, der einem Bischofsstab glich, doch selbst ihren schwierigsten Bemühungen war noch die Selbstzucht veralteter Größe anzumerken. In der Bettnische, die wie das übrige Haus nach übertriebenen, fast aberwitzigen Maßstäben ausgestattet war, benötigte Eréndira zwei weitere Stunden, um die Großmutter herzurichten. Sie entwirrte ihre Frisur, Haar für Haar, parfümierte und kämmte das Haar, legte ihr ein Kleid mit äquatorialen Farben an, puderte ihr Gesicht mit Talkum, tönte ihre Lippen mit Karmin, die Wangen mit Schminke, die Lider mit Moschus und die Fingernägel mit Perlmuttemail, und als sie sie herausgeputzt hatte wie eine überlebensgroße Puppe, führte sie sie in einen künstlichen Garten mit Blumen, ebenso atemberaubend wie die ihres Kleides, setzte sie in einen Sessel, der gesetzt und vornehm wie ein Thron war, und ließ sie auf dem Trichtergrammophon vergängliche Schallplattenmusik hören.

Während die Großmutter durch die Sümpfe der Vergangenheit segelte, machte Eréndira sich ans Fegen des Hauses, das dunkel war und buntscheckig von bizarren Möbeln und Statuen erfundener Cäsaren, von Tränenspinnen und Alabasterengeln, von einem Klavier mit Goldfirnis und zahlreichen Uhren ungeahnter Formen und Ausmaße. Das Haus hatte im Innenhof eine Zisterne, die das auf Indiorücken aus entlegenen Quellen herbeigeschleppte Wasser viele Jahre lang frisch hielt, und auf einem Metallring an der Zisterne saß ein rachitischer Vogel Strauß, das einzige gefiederte Tier, das die Marter jenes bösartigen Klimas zu überleben verstand. Das Haus lag weit weg von allem im Herzen der Wüste, in der Nähe eines Gewirrs erbärmlicher, glutheißer Gassen, in denen die Ziegenböcke aus Trostlosigkeit Selbstmord begingen, wenn der Wind des Unglücks wehte.

Dieser unbegreifliche Zufluchtsort war vom Ehemann der Großmutter erbaut worden, einem legendären Schmuggler, mit dem sie einen Sohn hatte, der gleichfalls Amadís hieß und Eréndiras Vater war. Niemand kannte die Ursprünge noch Beweggründe dieser Familie. Die in der Indiosprache bekannteste Lesart besagte, Amadís der Vater habe seine schöne Frau in einem Bordell der Antillen, in dem er einen Mann erstochen hatte, freigekauft und für immer in die Straflosigkeit der Wüste versetzt. Als die Amadise starben, der eine erlag schwermütigen Fieberanfällen, der andere wurde bei einem Duell durchlöchert, begrub die Frau die Leichen im Innenhof, entließ die vierzehn barfüßigen Dienerinnen und fuhr fort, ihre größenwahnsinnigen Träume im Dämmer des verschwiegenen Hauses zu nähren – dank der Opferbereitschaft der illegitimen Enkelin, die sie von Geburt an aufgezogen hatte.

Nur um die Uhren aufzuziehen und zu stellen, benötigte Eréndira sechs Stunden. Am Tag, an dem ihr Unglück begann, brauchte sie es nicht zu tun, denn die Uhren waren bis zum nächsten Morgen aufgezogen, doch dafür mußte sie die Großmutter baden und ankleiden, die Fußböden schrubben, das Mittagessen kochen und das Kristall glänzend reiben. Gegen elf Uhr, als sie das Wasser im Bottich des Straußes wechselte und die Wüstengräser auf den angrenzenden Gräbern der Amadise begoß, mußte sie dem Mut des Windes widerstehen, der wieder einmal unerträglich geworden war, doch hatte sie keine böse Vorahnung, daß dies der Wind ihres Unglücks war. Um zwölf rieb sie die letzten Champagnergläser glänzend, als sie den Duft von zarter Brühe roch, erreichte wie durch ein Wunder rennend die Küche, ohne ein splitterndes Verhängnis venezianischen Kristalls hinter sich zu lassen.

Es gelang ihr kaum, den Topf wegzureißen, der auf dem Herd überzulaufen drohte. Dann setzte sie ein schon vorbereitetes Gericht aufs Feuer und ließ sich auf der Küchenbank zum Ausruhen nieder. Sie schloß die Augen, öffnete sie gleich darauf mit ausgeruhtem Gesichtsausdruck und begann die Suppe in die Suppenschüssel zu schöpfen. Sie arbeitete schlafend.

Die Großmutter hatte sich allein ans Kopfende eines Bankett-Tischs mit silbernen Kandelabern und Gedekken für zwölf Personen gesetzt. Sie ließ die Glocke ertönen, und fast unverzüglich erschien Eréndira mit der dampfenden Suppenschüssel. In dem Augenblick, als sie die Suppe servierte, merkte die Großmutter ihr schlafwandlerisches Wesen und fuhr ihr mit der Hand über die Augen, als wolle sie eine unsichtbare Glasscheibe abwischen. Das Mädchen sah die Hand nicht. Die Großmutter folgte ihr mit dem Blick, und als Eréndira ihr den Rücken zuwandte, um in die Küche zurückzukehren, schrie sie:

»Eréndira.«

Jäh geweckt, ließ das Mädchen die Suppenschüssel auf den Teppich fallen.

»Macht nichts, Tochter«, sagte die Großmutter mit einer gewissen Zärtlichkeit. »Du hast wieder im Gehen geschlafen.«

»Es ist die Gewohnheit des Körpers«, entschuldigte sich Eréndira.

Schlaftrunken hob sie die Suppenschüssel auf und machte sich ans Entfernen der Flecken auf dem Teppich.

»Laß nur«, riet die Großmutter. »Wasch sie heute nachmittag ab.«

So hatte Eréndira neben ihren üblichen Nachmittagsbeschäftigungen auch noch den Eßzimmerteppich zu säubern, und da sie einmal in der Waschküche war, nutzte sie die Gelegenheit, auch die Montagswäsche zu waschen, während der Wind ums Haus fegte und einen Winkel suchte, um hineinzuschlüpfen. Sie hatte so viel zu tun, daß die Nacht sie überfiel, ohne daß sie es merkte, und als sie den Teppich wieder ins Eßzimmer legte, war es Schlafenszeit.

Die Großmutter hatte den ganzen Nachmittag auf dem Klavier geklimpert und sich dazu die Chansons ihrer Zeit im Falsetto vorgesungen, und noch immer hingen an ihren Lidern moschusfarbene Tränen. Doch als sie sich mit ihrem Musselinhemd ins Bett legte, hatte sie sich von der Bitternis ihrer schönen Erinnerungen erholt.

»Nutz den Tag morgen, um auch den Wohnzimmerteppich zu säubern«, sagte sie zu Eréndira. »Der hat nämlich seit den Zeiten des Lärms die Sonne nicht mehr gesehen.«

»Ja, Großmutter«, antwortete das Mädchen.

Sie ergriff einen Federfächer und begann die unerbittliche Matrone zu fächeln, die den nächtlichen Befehlskodex aufsagte, während sie in Schlaf sank.

»Bügle die ganze Wäsche, bevor du zu Bett gehst, damit du reinen Gewissens schläfst.«

»Ja, Großmutter.«

»Sieh mir gut die Kleiderschränke durch, denn in windigen Nächten haben die Motten mehr Hunger.«

»Ja, Großmutter.«

»In der restlichen Zeit stellst du die Blumen in den Innenhof hinaus, damit sie Luft kriegen.«

»Ja, Großmutter.«

»Und gib dem Vogel Strauß sein Futter.«

Sie war eingeschlafen, erteilte jedoch ihre Befehle weiter, denn von ihr hatte die Enkelin die Tugend geerbt, im Schlaf weiterzuleben. Eréndira ging aus dem Zimmer, ohne Lärm zu machen und verrichtete die letzten Nachtpflichten, während sie weiter die Anordnungen der eingeschlafenen Großmutter bestätigte.

»Gib den Gräbern zu trinken.«

»Ja, Großmutter.«

»Bevor du dich hinlegst, denk daran, daß alles in

bester Ordnung sein muß, denn die Dinge leiden sehr, wenn man sie zum Schlafen nicht an ihren Platz stellt.«

»Ja, Großmutter.«

»Und wenn die Amadise kommen, sag ihnen, sie sollen nicht hereinkommen«, sagte die Großmutter, »weil Porfirio Galáns Bande nur darauf wartet, sie umzulegen.«

Eréndira antwortete ihr nicht mehr, denn sie wußte, daß sie sich in Träumen zu verirren begann, übersprang jedoch keinen einzigen Befehl. Als sie die Fensterriegel überprüft und die letzten Lichter gelöscht hatte, nahm Eréndira einen Kandelaber aus dem Eßzimmer und leuchtete sich bis in ihr Schlafzimmer, während die Pausen des Windes sich mit dem friedlich-gewaltigen Atem der schlafenden Großmutter füllten.

Ihr Zimmer war auch luxuriös, wenn auch weniger luxuriös ausgestattet als das der Großmutter und vollgestopft mit den Stoffpuppen und Aufziehtieren ihrer jüngsten Kindheit. Überwältigt von der unmenschlichen Kraftanstrengung des Tags, verspürte Eréndira keine Lust, sich zu entkleiden, sondern stellte den Kandelaber auf den Nachttisch und fiel ins Bett. Bald darauf stob der Wind ihres Unglücks ins Zimmer wie eine Meute Hunde und kippte den Kandelaber gegen die Vorhänge.

Als es tagte und der Wind endlich aufhörte, begannen ein paar einzelne dicke Regentropfen zu fallen, welche die letzte Glut löschten und die rauchende Asche des Hauses verkrusteten. Die Leute vom Dorf, meist Indios, machten sich daran, die Überreste des Unheils zu retten: die verkohlte Leiche des Vogels Strauß, das Gerippe des vergoldeten Klaviers, den Torso einer Statue. Die Großmutter betrachtete mit undurchdringlicher Niedergeschlagenheit die Abfälle ihres Vermögens. Eréndira, zwischen den Gräbern der

Amadise hockend, hatte aufgehört zu weinen. Als die Großmutter sich davon überzeugt hatte, daß wenige Dinge unter den Ruinen unversehrt geblieben waren, blickte sie die Enkelin mit aufrichtigem Bedauern an.

»Armes Kind«, seufzte sie. »Dein Leben wird nicht lang genug sein, um mir diesen Verlust zu bezahlen.«

Noch am selben Tag begann sie, sich im Regengeprassel den Verlust zurückzahlen zu lassen, als sie Eréndira zum Krämer des Dorfes mitnahm, einem knochenmageren, frühzeitigen Witwer, der in der Wüste dafür bekannt war, daß er gute Preise für Jungfräulichkeit zahlte. Angesichts der kaltblütigen Erwartung der Großmutter musterte der Witwer Eréndira mit wissenschaftlicher Strenge: er schätzte die Kraft ihrer Muskeln ab, den Umfang ihrer Brüste, den Durchmesser ihrer Hüften. Er sagte kein Wort, bevor er ihren Wert errechnet hatte.

»Sie ist noch sehr grün«, sagte er dann. »Sie hat die Zitzen einer Hündin.«

Dann hieß er sie auf eine Waage steigen, um seinen Urteilsspruch mit Zahlen zu erhärten. Eréndira wog 42 Kilo.

»Sie ist nicht mehr wert als hundert Pesos«, sagte der Witwer.

Die Großmutter war empört.

»Hundert Pesos für ein vollkommen neues Geschöpf!« schrie sie. »Nein, Mann, das hieße ja, die Tugend völlig mißachten.«

»Ich gehe bis hundertfünfzig«, sagte der Witwer.

»Das Kind hat mir einen Schaden von über einer Million Pesos verursacht«, sagte die Großmutter. »Bei dem Tempo braucht sie etwa zweihundert Jahre, um mich zu entschädigen.«

»Zum Glück«, sagte der Witwer, »ist das einzig Gute, was sie hat, ihr Alter.«

Das Unwetter drohte das Haus aus den Angeln zu

heben und das Dach hatte so viele Löcher, daß es drinnen fast so heftig regnete wie draußen. Die Großmutter fühlte sich allein in einer Welt des Unheils.

»Gehen Sie wenigstens bis dreihundert«, sagte sie.

»Zweihundert Pesos.«

Schließlich einigten sie sich auf zweihundertzwanzig Pesos in bar und einige Eßwaren. Dann bedeutete die Großmutter Eréndira, mit dem Witwer zu gehen, und dieser führte sie an der Hand zum Laden, als begleite er sie in die Schule.

»Ich warte hier auf dich«, sagte die Großmutter.

»Ja, Großmutter«, sagte Eréndira.

Der Laden war eine Art Schuppen mit vier Backsteinsäulen, einem Dach aus verfaulten Palmblättern und einer einen Meter hohen Lehmziegelmauer, über die das Tosen des Unwetters ins Haus drang. Auf der Einfassung aus Lehmziegeln standen Töpfe mit Kakteen und anderen Pflanzen der Dürre. Zwischen zwei Säulen hing, flatternd wie das lose Segel einer treibenden Schaluppe, eine ausgebleichte Hängematte. Über das Pfeifen des Sturms und das Geprassel des Wassers hinweg waren ferne Schreie zu hören, das Gebrüll flüchtender Tiere, die Stimmen Schiffbrüchiger.

Als Eréndira und der Witwer unter das Dach des Schuppens traten, mußten sie einander stützen, um nicht von einem Regenguß, der sie bis auf die Haut durchnäßte, umgerissen zu werden. Ihre Stimmen waren nicht zu hören, ihre Bewegungen wurden vom Krachen des Wirbelsturms verzerrt. Beim ersten Versuch des Witwers schrie Eréndira unhörbar und versuchte zu entkommen. Der Witwer antwortete ihr ohne Stimme, verrenkte ihr den Arm am Handgelenk und zerrte sie zur Hängematte. Sie wehrte sich, indem sie ihm das Gesicht zerkratzte und wieder schweigend schrie, und er antwortete mit einer feierlichen Ohrfeige, die sie vom Erdboden hob und einen Augenblick in der Luft schweben ließ, so daß ihr langes Medusenhaar durch den Raum wogte, er faßte sie um die Taille, bevor sie wieder die Erde berührte, schleuderte sie mit einem brutalen Stoß in die Hängematte und lähmte sie mit dem Druck seiner Knie. Nun erlag Eréndira dem Schrecken, verlor das Bewußtsein und war wie gebannt von den Mondfransen eines Fischs, der durch die Luft des Unwetters segelte, während der Witwer sie nackt auszog, ihr die Kleider mit behäbigen Tatzenhieben vom Leib reißend, wie man Unkraut ausreißt, und diese in lange farbige Streifen zerfetzte, die wie Schlangen im Wind davonflatterten.

Als im Dorf kein Mann mehr übrig war, der etwas für Eréndiras Liebe hätte zahlen können, entführte die Großmutter sie in einem Lastwagen in die Jagdgründe der Schmuggler. Sie unternahm die Reise auf dem offenen Fuhrwerk zwischen Reissäcken und Butterbüchsen und den Überbleibseln des Brandes: dem Kopfende der vizeköniglichen Bettstatt, einem Kriegsengel, dem versengten Thron und anderem unbrauchbaren Plunder. In einer Truhe mit zwei dickpinselig aufgemalten Kreuzen reisten die Gebeine der Amadise mit.

Die Großmutter schützte sich gegen die ewige Sonne mit einem zerfransten Regenschirm und atmete schwer wegen der Marter aus Schweiß und Staub, doch auch in diesem mißlichen Zustand bewahrte sie die Selbstzucht ihrer Würde. Hinter den gestapelten Büchsen und Reissäcken zahlte Eréndira die Reise und den Transport des Mobiliars, indem sie dem Lastträger des Wagens Liebe zum Stückpreis von zwanzig Pesos gab. Anfangs verteidigte sie sich nach demselben System, mit dem sie sich gegen den Witwer zur Wehr gesetzt hatte. Doch der Lastträger ging anders vor, langsam und bedächtig, schließlich zähmte er sie durch Zärtlichkeit. Als sie daher nach einer tödlichen Tagesreise im ersten Dorf anlangten, ruhten Eréndira und der

Lastträger aus von der guten Liebe hinter der Brustwehr der Ladung. Der Lastwagenfahrer schrie der Großmutter zu:

»Von hier ab ist bereits alles Welt.«

Ungläubig betrachtete die Großmutter die erbärmlichen, einsamen Gassen eines etwas größeren, jedoch ebenso trostlosen Dorfes wie des verlassenen.

»Man merkt es nicht«, sagte sie.

»Es ist Missionsgebiet«, sagte der Fahrer.

»Mich interessiert nicht die Nächstenliebe, sondern nur der Schmuggel«, sagte die Großmutter.

Während sie hinter der Ladung dem Gespräch zuhörte, bohrte Eréndira mit dem Finger einen Reissack an. Sie fand bald einen Faden, zupfte daran und zog ein langes Halsband aus echten Perlen heraus. Sie hielt es wie eine tote Schlange in den Fingern und betrachtete es erschrocken, während der Fahrer der Großmutter erwiderte:

»Träumen Sie nicht im Wachen, Señora. Es gibt keine Schmuggler.«

»Wieso nicht?« sagte die Großmutter. »Erklären Sie mir das!«

»Suchen Sie sie, und Sie werden sehen«, scherzte der Fahrer gutgelaunt. »Alle Welt spricht von ihnen, aber niemand sieht sie.«

Der Lastträger merkte, daß Eréndira das Halsband herausgezogen hatte, nahm es ihr eilends ab und steckte es wieder in den Reissack. Nun rief die Großmutter, die trotz der Armut des Dorfes zu bleiben beschlossen hatte, ihre Enkelin, um sich beim Aussteigen helfen zu lassen. Eréndira verabschiedete sich mit einem hastigen, doch unmittelbaren, gutgezielten Kuß vom Lastträger.

Die Großmutter wartete sitzend auf dem Thronsessel mitten auf der Gasse, bis die Fracht abgeladen war. Das letzte war die Truhe mit den sterblichen Resten der Amadise.

»Das wiegt wie ein Toter«, lachte der Fahrer.

»Es sind zwei«, sagte die Großmutter. »Also behandeln Sie sie mit gebührendem Respekt.«

»Ich wette, es sind zwei Elfenbeinstatuen«, lachte der Fahrer.

Er stellte die Truhe mit den Gerippen irgendwie zwischen die versengten Möbel und streckte der Großmutter die offene Handfläche entgegen.

»Fünfzig Pesos«, sagte er.

Die Großmutter deutete auf den Lastträger.

»Hat Ihr Sklave bereits freiwillig bezahlt.«

Der Fahrer blickte erstaunt seinen Gehilfen an, und dieser machte ein zustimmendes Zeichen. Er stieg wieder auf seinen Sitz ins Fahrerhaus, wo eine Frau in Trauerkleidung mit einem vor Hitze schreienden Säugling mitfuhr. Der Lastträger sagte höchst selbstsicher zur Großmutter:

»Eréndira fährt mit mir, sofern Sie nichts anderes befehlen. Ich meine es ernst.«

Entsetzt warf das Mädchen ein:

»Ich habe nichts gesagt!«

»Ich sage ja, daß es meine Idee war«, sagte der Lastträger.

Die Großmutter musterte ihn von oben bis unten ohne Geringschätzung, nur um das wahre Ausmaß seines Schneids zu ermessen.

»Meinetwegen«, sagte sie, »wenn du mir bezahlst, was ich durch ihre Unvorsichtigkeit verloren habe. Es sind achthundertundzweiundsiebzigtausenddreihundertfünfzehn Pesos weniger vierhundertundzwanzig, die sie mir bereits bezahlt hat, das heißt: achthunderteinundsiebzigtausendachthundertfünfundneunzig.«

Der Lastwagen fuhr an.

»Glauben Sie mir, ich würde Ihnen diesen Haufen Geld geben, wenn ich ihn hätte«, sagte der Lastträger ernst. »Die Kleine ist ihn wert.«

Der Großmutter gefiel die Entschlossenheit des jungen Mannes.

»Dann komm wieder, wenn du sie hast, Sohn«, erwiderte sie in leutseligem Ton. »Doch schau, wenn wir die Rechnung nochmal aufstellen, schuldest du mir zehn weitere Pesos.«

Der Lastträger sprang auf die Tragfläche des Wagens, der sich entfernte. Von dort aus winkte er Eréndira ein Lebewohl zu, doch sie war noch so verschreckt, daß sie nicht zurückwinkte.

Auf dem leeren Gelände, wo der Lastwagen sie abgesetzt hatte, bauten Eréndira und die Großmutter sich ein Behelfszelt aus Blechplatten und Resten asiatischer Teppiche. Sie breiteten zwei Matten auf den Fußboden und schliefen darauf so gut wie einst im Herrenhaus, bis die Sonne Löcher im Dach öffnete und ihnen aufs Gesicht brannte.

Im Gegensatz zu sonst war es die Großmutter, die an diesem Morgen daran ging, Eréndira herzurichten. Sie bemalte ihr das Gesicht im Stil grabartiger Schönheit, der in ihrer Jugend Mode gewesen war, und vollendete ihr Werk mit künstlichen Wimpern und einer Schleife aus Organdy, die einem Falter auf Eréndiras Kopf glich.

»Du siehst grausig aus«, gab sie zu, »aber es ist besser so: die Männer sind sehr primitiv in Weibersachen.«

Beide erkannten die Tritte der Maulesel im Zunder der Wüste, lange bevor sie sie sehen konnten. Auf einen Befehl der Großmutter lehnte Eréndira sich auf ihr Bündel wie ein Theaterlehrling beim Aufgehen des Vorhangs. Auf ihren Bischofsstab gestützt, verließ die Großmutter ihre Blechbude und nahm in Erwartung der Maulesel Platz auf ihrem Thron.

Der Postbote näherte sich. Wenn auch durch seinen Beruf gealtert, war er nicht älter als zwanzig Jahre und trug einen Anzug aus Khaki, Gamaschen, Korkhelm und eine Militärpistole im Patronengürtel. Er ritt einen guten Maulesel und führte einen zweiten, weniger kräftigen am Zügel, auf dem sich die Postsäcke aus Jute stapelten.

Als er an der Großmutter vorüberritt, hob er die Hand zum Gruß und ritt weiter. Doch sie gab ihm ein Zeichen, er solle einen Blick in das Blechzelt werfen. Der Mann hielt an und sah Eréndira in ihrer postumen Bemalung und einem maulbeerfarben gestreiften Kleid auf der Matte liegen.

»Gefällt sie dir?« fragte die Großmutter.

Der Postbote verstand zunächst nicht, was man ihm vorschlug.

»Ungefrühstückt ist sie nicht übel«, lächelte er.

»Fünfzig Pesos«, sagte die Großmutter.

»Junge Junge, das ist ja ein Vermögen«, sagte er. »So viel kostet mich mein Essen im ganzen Monat.«

»Sei nicht so geizig«, sagte die Großmutter. »Der Luftpostbote wird besser bezahlt als ein Pfarrer.«

»Ich bin von der Landpost«, sagte der Mann. »Der von der Luftpost fährt im Lieferwagen.«

»Jedenfalls ist Liebe so wichtig wie Essen«, sagte die Großmutter.

»Sie ernährt aber nicht.«

Die Großmutter begriff, daß einem Mann, der von überspannten Hoffnungen lebte, zuviel Zeit zum Feilschen blieb.

»Wieviel hast du?« fragte sie ihn.

Der Postbote saß ab, zog aus der Tasche ein paar zerfledderte Scheine und zeigte sie der Großmutter. Sie packte sie alle mit einem einzigen habgierigen Griff, als seien sie ein Ball.

»Ich mach' dir's billiger«, sagte sie. »Aber unter einer Bedingung: daß du überall Reklame machst.«

»Bis ans andere Ende der Welt«, sagte der Postbote. »Darauf verstehe ich mich.«

Eréndira, die nicht hatte blinzeln können, nahm sich die künstlichen Wimpern ab und rückte auf der Matte zur Seite, um dem Zufallsbräutigam Platz zu machen. Sobald er im Blechzelt war, schloß die Großmutter den Eingang mit einem energischen Ruck des Schiebevorhangs.

Es war eine wirkungsvolle Vereinbarung. Von der Reklame des Postboten angelockt, kamen Männer von weither, um Eréndira, die Neuigkeit, kennenzulernen. Nach den Männern kamen die Lotterietische und Imbißstände, und nach all dem kam ein radfahrender Photograph, der vor dem Lagerplatz auf einem Stativ seine Kamera mit Trauerärmel aufstellte, dazu einen Hintergrund mit einem See und kraftlosen Schwänen.

Die Großmutter, die sich auf ihrem Thronsitz fächelte, schien ihrem eigenen Jahrmarkt entrückt. Sie interessierte einzig die Schlange der Kunden, die darauf warteten, an die Reihe zu kommen, sowie der genaue Anzahlungsbetrag, den sie vor dem Betreten von Eréndiras Zelt zu entrichten hatten. Anfangs war sie so streng gewesen, daß sie einen guten Kunden zurückwies, nur weil ihm fünf Pesos fehlten. Doch im Verlauf der Monate begriff sie die Lehren der Wirklichkeit und gestattete schließlich, daß die Bezahlung mit Heiligenmedaillons ausgeglichen wurde, mit Familienreliquien, mit Eheringen und allem, was ihren Zähnen beweisen konnte, daß es auch ohne Glanz hochkarätiges Gold war.

Nach einem langen Aufenthalt in diesem ersten Dorf besaß die Großmutter genug Geld, um einen Esel zu kaufen, und zog sich in die Wüste zurück auf der Suche nach anderen günstigeren Ortschaften, um die Schuld einzutreiben. Sie reiste auf einer Sänfte, die behelfsmäßig auf dem Esel befestigt war, und schützte sich gegen die regungslose Sonne mit einem zerfledderten Schirm, den Eréndira über ihren Kopf hielt.

Hinter ihr trabten vier Indiolastträger mit den Besitztümern: den Schlafmatten, dem restaurierten Thronsessel, dem Alabasterengel und der Truhe mit den sterblichen Resten der Amadise. Der Photograph folgte der Karawane auf seinem Fahrrad, doch ohne sie je einzuholen, als reise er zu einem anderen Fest.

Seit dem Brand waren sechs Monate verstrichen, und die Großmutter hatte nun einen Gesamtüberblick über das Geschäft gewonnen.

»Wenn alles so weiterläuft«, sagte sie zu Eréndira, »wirst du mir die Schuld binnen acht Jahren, sieben Monaten und elf Tagen abbezahlt haben.«

Mit geschlossenen Augen wiederholte sie ihre Berechnungen, auf den Kernen herumkauend, die sie aus einem Faltenbeutel zog, in dem sie auch ihr Geld verwahrte, und berichtigte:

»Natürlich ohne Berücksichtigung von Lohn und Verköstigung der Indios und anderer kleinerer Unkosten.«

Eréndira, die, übermannt von Hitze und Staub, mit dem Esel Schritt hielt, brachte gegen die Rechnung der Großmutter keine Einwände vor, mußte sich aber beherrschen, um nicht zu weinen.

»Ich habe kleingehacktes Glas in den Knochen«, sagte sie.

»Versuche zu schlafen.«

»Ja, Großmutter.«

Sie schloß die Augen, atmete tief einen Mundvoll sengendheißer Luft ein und schritt schlafend weiter.

Ein mit Käfigen beladener Lastwagen erschien und erschreckte Ziegenböcke im Staubgewirbel des Horizonts, und der Jubel der Vögel war ein Sprühregen frischen Wassers in der Sonntagsschläfrigkeit von Sankt Michael von der Wüste. Am Steuer saß ein beleibter holländischer Landwirt mit wettergefurchter

Haut und eichhörnchenfarbenem Schnauzbart, den er von einem Urgroßvater geerbt hatte. Sein Sohn Ulysses, der auf dem Beifahrersitz reiste, war ein goldgelockter Jüngling mit einsamen Seefahreraugen und dem Aussehen eines heimlichen Engels. Die Aufmerksamkeit des Holländers wurde auf ein Feldzelt gelenkt, vor dem alle Soldaten der örtlichen Garnison Schlange standen. Sie hockten am Boden und tranken aus ein und derselben Flasche, die von Mund zu Mund ging, und hatten Mandelbaumzweige auf dem Kopf, als lägen sie für ein Überraschungsgefecht im Hinterhalt. Der Holländer fragte in seiner Sprache:

»Was zum Teufel wird denn hier verkauft?«

»Eine Frau«, erwiderte sein Sohn in aller Natürlichkeit. »Sie heißt Eréndira.«

»Woher weißt du das?«

»Alle Welt weiß es in der Wüste«, erwiderte Ulysses.

Der Holländer stieg in dem kleinen Dorfhotel ab. Ulysses blieb im Lastwagen sitzen, öffnete mit bebenden Fingern eine Aktentasche, die sein Vater auf dem Sitz gelassen hatte, zog ein Bündel Banknoten heraus, steckte mehrere in seine Tasche und legte alles wieder an seinen Platz. Als sein Vater in jener Nacht schlief, stieg er durchs Hotelfenster hinaus und stellte sich an den Schwanz der Schlange vor Eréndiras Zelt.

Das Fest war auf seinem Höhepunkt. Die betrunkenen Rekruten tanzten solo, um die Gratismusik nicht ungenutzt verhallen zu lassen, und der Photograph machte Nachtaufnahmen mit Magnesiumpapier. Während die Großmutter das Geschäft überwachte, zählte sie die Banknoten in ihrem Schoß; sie teilte sie in gleichgroße Bündel und schichtete sie in einen Korb. Zu diesem Zeitpunkt waren nicht mehr als zwölf Soldaten da, doch die Abendschlange hatte sich durch Zivilkunden verlängert. Ulysses war der letzte.

Nun kam ein Soldat von düsterem Aussehen an die

Reihe. Die Großmutter versperrte ihm nicht nur den Weg, sondern vermied die Berührung mit seinem Geld.

»Nein, Sohn«, sagte sie. »Hier kommst du mir nicht herein, nicht um alles Geld des Mohrenkönigs. Du bringst Pech.«

Der Soldat, der nicht aus der Gegend stammte, war überrascht.

»Was soll das heißen?«

»Daß du mit dem bösen Schatten ansteckst«, sagte die Großmutter. »Man braucht dir nur ins Gesicht zu sehen.« Sie wies ihn ab, ohne ihn zu berühren, und ließ den nächsten Soldaten vortreten.

»Komm näher, Gefreiter«, sagte sie gutgelaunt. »Und halt dich nicht auf, das Vaterland braucht dich.«

Der Soldat trat ein, machte aber sofort kehrt, weil Eréndira mit der Großmutter sprechen wollte. Diese hängte sich den Geldkorb über den Arm und betrat das Feldzelt, dessen Raum eng war, doch aufgeräumt und reinlich. Hinten, auf einem Leinenbett, vermochte Eréndira das Zittern ihres Körpers nicht zurückzuhalten, sie war geschunden und schmutzig vom Schweiß der Soldaten.

»Großmutter«, schluchzte sie. »Ich sterbe.«

Die Großmutter berührte ihre Stirn, und als sie feststellte, daß Eréndira kein Fieber hatte, suchte sie sie zu trösten.

»Es fehlen nur noch zehn Militärs«, sagte sie.

Eréndira brach in Tränen aus und pfiff wie ein erschrockenes Tier. Nun wußte die Großmutter, daß die Enkelin die Grenzen des Schreckens überwunden hatte, und half ihr, sich zu beruhigen, indem sie ihr den Kopf streichelte.

»Du bist eben schwach«, sagte sie. »Los, weine nicht mehr, nimm ein Salbeibad, damit sich dein Blut beruhigt.«

Sie verließ das Zelt, als Eréndira ruhiger wurde und gab dem wartenden Soldaten sein Geld zurück. »Für heute ist Schluß«, schrie sie den in der Schlange Wartenden zu:

»Schluß, Jungens. Bis morgen um neun in der Früh.«

Soldaten und Zivilisten brachen mit Protestrufen aus der Reihe. Die Großmutter pflanzte sich gutwillig vor ihnen auf, schwenkte aber ernsthaft den vernichtenden Stab.

»Menschenschinder! Schlappschwänze!« schrie sie. »Ihr glaubt wohl, das Geschöpf ist aus Eisen. Ich möcht' euch in ihrer Lage sehen. Schandbuben! Vaterlandslose Scheißkerle!«

Die Männer antworteten mit unflätigen Beschimpfungen, aber schließlich wurde sie des Aufruhrs Herr und hielt mit ihrem Stab Wache, bis alle mit den Bratfischtischen abgezogen und die Lotteriestände abgebaut waren. Sie wollte gerade zum Zelt zurückkehren, als sie Ulysses in voller Größe sah, allein in dem leeren dunklen Raum, den vorher die Schlange der Männer eingenommen hatte. Eine unwirkliche Aura umgab ihn, und nur der Glanz seiner Schönheit schien ihn in der Dämmerung sichtbar zu machen.

»Und du«, sagte die Großmutter. »Wo hast du deine Flügel gelassen?«

»Wer die hatte, war mein Großvater«, erwiderte Ulysses ganz natürlich. »Aber das will niemand glauben.«

Wieder musterte die Großmutter ihn mit verzauberter Aufmerksamkeit. »Ich glaube es dir«, sagte sie. »Zieh sie morgen an.«

Sie betrat das Zelt und ließ Ulysses leuchtend stehen, wo er stand.

Eréndira fühlte sich nach dem Bad wohler. Sie hatte einen kurzen bestickten Unterrock angezogen und trocknete ihr Haar, um sich hinzulegen, hielt aber noch immer mühsam die Tränen zurück. Die Großmutter schlief.

Hinter Eréndiras Bett erschien sehr langsam Ulysses' Kopf. Sie sah seine ängstlichen, durchsichtigen Augen, doch bevor sie etwas sagte, rieb sie sich das Gesicht mit dem Handtuch, um sich zu beweisen, daß es keine Sinnestäuschung war. Als Ulysses zum ersten Mal blinzelte, fragte Eréndira mit ganz leiser Stimme:

»Wer bist du?«

Ulysses zeigte sich bis zu den Schultern. »Ich heiße Ulysses«, sagte er. Er deutete auf die gestohlenen Banknoten und fügte hinzu:

»Ich bringe das Geld.«

Eréndira legte die Hände aufs Bett, näherte ihr Gesicht dem von Ulysses und sprach mit ihm wie in einem Kleinkinderspiel weiter.

»Du hättest dich in die Schlange stellen sollen«, sagte sie.

»Ich habe die ganze Nacht gewartet«, sagte Ulysses.

»Denn jetzt mußt du bis morgen früh warten«, sagte Eréndira. »Mir ist so, als hätten sie mich in die Nieren getreten.«

In diesem Augenblick begann die Großmutter im Schlaf zu reden.

»Es wird zwanzig Jahre her sein, daß es zum letzten Mal geregnet hat«, sagte sie. »Es war ein so schrecklicher Sturm, daß der Regen mit Meerwasser vermischt fiel und das Haus morgens voll war von Fischen und Schnecken, und dein Großvater Amadís, er ruhe in Frieden, sah einen Johanniskäfer durch die Luft segeln.«

Ulysses versteckte sich wieder hinter dem Bett. Eréndira setzte ein belustigtes Lächeln auf.

»Ruhig Blut«, sagte sie. »Sie redet immer komisch, wenn sie schläft, aber kein Erdbeben weckt sie auf.«

Ulysses erschien von neuem. Eréndira betrachtete

ihn mit verstohlenem, fast liebevollem Lächeln und zog von der Matte das gebrauchte Laken.

»Komm«, sagte sie, »hilf mir das Laken wechseln.«

Nun tauchte Ulysses hinter dem Bett auf und faßte das Laken an einem Ende. Da das Laken viel größer war als die Matte, mußten sie es mehrmals falten. Nach jeder Falte stand Ulysses näher bei Eréndira.

»Ich war wild darauf, dich zu sehen«, sagte er plötzlich. »Alle Welt sagt, du seist sehr schön, und das ist wahr.«

»Aber ich werde sterben«, sagte Eréndira.

»Meine Mama sagt, wer in der Wüste stirbt, kommt nicht in den Himmel, sondern ins Meer«, sagte Ulysses.

Eréndira legte das schmutzige Laken beiseite und bedeckte die Matte mit dem sauberen, gebügelten.

»Ich kenne das Meer nicht«, sagte sie.

»Es ist wie die Wüste, aber mit Wasser«, sagte Ulysses.

»Dann kann man also nicht darauf gehen.«

»Mein Papa kannte einen Mann, der das konnte«, sagte Ulysses. »Aber das ist lange her.«

Eréndira war entzückt, wollte aber schlafen.

»Wenn du morgen ganz früh kommst, stell ich dich auf den ersten Platz«, sagte sie.

»Ich fahre in aller Frühe fort mit meinem Papa«, sagte Ulysses.

»Kommt ihr nicht wieder hier vorbei?«

»Wer weiß, wann«, sagte Ulysses. »Wir sind zufällig vorbeigekommen, weil wir uns auf dem Weg zur Grenze verirrt haben.«

Eréndira warf einen nachdenklichen Blick auf die Großmutter.

»Gut«, entschied sie. »Gib mir das Geld.«

Ulysses gab es ihr. Eréndira legte sich aufs Bett, aber er blieb zitternd auf der Stelle stehen: im entscheidenden Augenblick war seine Entschlossenheit ins Wanken geraten. Eréndira faßte ihn an der Hand, damit er sich beeile, und erst jetzt merkte sie seine Verwirrung. Sie kannte diese Angst.

»Ist es das erste Mal?« fragte sie.

Ulysses antwortete nicht, setzte aber ein trostloses Lächeln auf. Eréndira änderte ihr Verhalten.

»Atme langsam«, sagte sie. »Am Anfang ist es immer so, nachher merkst du es gar nicht mehr.«

Sie zog ihn zu sich, und während sie ihn auszog, besänftigte sie ihn mit mütterlichen Mitteln.

»Wie heißt du?«

»Ulysses.«

»Name eines Grünhorns«, sagte Eréndira.

»Nein, eines Seefahrers.«

Eréndira entblößte seine Brust, gab ihm Waisenküßchen, beschnupperte ihn.

»Du scheinst ganz aus Gold zu sein«, sagte sie. »Aber du riechst nach Blumen.«

»Vermutlich nach Orangen«, sagte Ulysses.

Schon ruhiger geworden, zeigte er ein Verschwörerlächeln.

»Wir reisen mit vielen Vögeln, um abzulenken«, fügte er hinzu. »Aber zur Grenze nehmen wir Orangen zum Schmuggeln mit.«

»Orangen sind kein Schmuggel«, sagte Eréndira.

»Doch«, sagte Ulysses. »Jede kostet fünfzigtausend Pesos.«

Eréndira lachte zum ersten Mal seit langer Zeit.

»Was mir an dir am meisten gefällt«, sagte sie, »ist die Ernsthaftigkeit, mit der du diesen Unsinn erfindest.«

Sie war spontan und redselig geworden, als habe Ulysses' Unschuld nicht nur ihre Laune, sondern auch ihr Wesen verwandelt. Die Großmutter in nächster Nähe des Verhängnisses, redete im Schlaf seelenruhig weiter.

»In jener Zeit, Anfang März, brachten sie dich ins Haus«, sagte sie. »Du glichst einer in Watte gewickelten Eidechse. Amadís, dein Vater, jung und schmuck, war an jenem Nachmittag so froh, daß er rund zwanzig mit Blumen beladene Ochsenkarren holen ließ und johlend und blumenwerfend durch die Gassen zog, bis das ganze Dorf vergoldet von Blumen war wie das Meer.«

Sie redete mehrere Stunden irr, mit lauter Stimme und steter Leidenschaft. Doch Ulysses hörte sie nicht, denn Eréndira hatte ihn so heftig und so echt begehrt, daß sie ihn, während die Großmutter irre redete, zum halben Preis von neuem begehrte und ohne Bezahlung weiter begehrte bis zum Morgengrauen.

Eine Gruppe Missionare mit hocherhobenen Kruzifixen hatte sich Schulter an Schulter mitten in der Wüste aufgepflanzt. Ein Wind, so wild wie der des Unglücks, rüttelte so an ihren Ordenskleidern aus Hanfkanevas und ihren zerzausten Bärten, daß sie sich kaum auf den Füßen halten konnten. Hinter ihnen lag das Missionshaus, ein koloniales Vorgebirge mit einem winzigen Glockenturm auf den rauhen gekalkten Mauern.

Der jüngste Missionar, der die Gruppe anführte, deutete mit dem Zeigefinger auf eine natürliche Spalte im glänzenden Tonschieferboden.

»Überschreitet nicht diesen Streifen«, schrie er.

Die vier Indioträger, welche die Großmutter auf einem Tragsessel aus Brettern transportierten, blieben auf den Schrei hin stehen. Obgleich die Großmutter unbequem auf dem Bretterboden saß und ihr Kopf von Wüstenstaub und -schweiß benebelt war, hielt sie sich dank ihres Hochmuts aufrecht. Eréndira ging zu Fuß. Hinter dem Tragsessel marschierte eine Reihe aus acht Indioträgern, den Schwanz bildete der Photograph auf seinem Fahrrad.

»Die Wüste gehört niemand«, sagte die Großmutter.

»Sie gehört Gott«, sagte der Missionar, »und Ihr mit Eurem schändlichen Schacher verletzt seine heiligen Gesetze.«

Nun erkannte die Großmutter die auf der Halbinsel übliche Umgangs- und Redeweise des Missionars und zog es vor, einen Zusammenstoß zu vermeiden, um nicht an seiner Unnachgiebigkeit zu scheitern. Und sagte in natürlichem Tonfall:

»Ich verstehe deine Mysterien nicht, Sohn.«

Der Missionar deutete auf Eréndira.

»Dieses Geschöpf ist minderjährig.«

»Aber sie ist meine Enkelin.«

»Um so schlimmer«, erwiderte der Missionar. »Geben Sie sie freiwillig in unsere Obhut, oder wir werden zu anderen Mitteln greifen müssen.«

Die Großmutter ließ es nicht so weit kommen.

»Es ist gut, Dummkopf«, gab sie erschrocken nach. »Aber früher oder später werde ich den Streifen überschreiten, du wirst's sehen.«

Drei Tage nach der Begegnung mit den Missionaren schliefen die Großmutter und Eréndira in einem Dorf in der Nähe des Klosters, als einige geheimnisvolle, stumme Körper wie ein Überfallkommando in das Feldzelt gerobbt kamen. Es waren sieben Indio-Novizinnen, kräftig und blutjung in ihren rohleinenen Ordenskleidern, die in den Mondböen zu schillern schienen. Ohne den geringsten Lärm zu verursachen, deckten sie Eréndira mit einem Moskitonetz zu, hoben sie auf, ohne sie zu wecken, und trugen sie fort wie einen großen, zerbrechlichen, in einem Mondnetz gefangenen Fisch.

Es gab kein Hilfsmittel, mit dem die Großmutter ihre Enkelin nicht dem Kuratel der Missionare zu entziehen versucht hätte. Erst als alle, von den rechtmäßigen bis hin zu den raffiniertesten, fehlgeschlagen waren, nahm sie ihre Zuflucht zur zivilen Amtsgewalt, die von einem Militär ausgeübt wurde. Sie traf ihn mit nacktem Oberkörper im Innenhof seines Hauses, wo er mit einem Armeegewehr auf eine dunkle einsame Wolke im glühenden Himmel schoß. Er versuchte sie zu durchlöchern, damit es regne, und seine Schießerei war erbittert und nutzlos, aber er legte die notwendige Pause ein, um die Großmutter anzuhören.

»Ich kann nichts mehr machen«, erklärte er, als er sie angehört hatte. »Die Paterchen haben in Übereinstimmung mit dem Konkordat das Recht, das Mädchen zu behalten, bis es volljährig ist. Oder bis es heiratet.«

»Und wozu hat man dann Sie als Bürgermeister?« fragte die Großmutter.

»Damit ich Regen mache«, sagte der Bürgermeister.

Dann, als er sah, daß die Wolke sich seiner Reichweite entzogen hatte, unterbrach er seine Berufspflichten und widmete der Großmutter seine uneingeschränkte Aufmerksamkeit.

»Was Sie brauchen, ist eine sehr gewichtige Persönlichkeit, die sich für Sie einsetzt«, sagte er. »Jemand, der für Ihre Moral und Ihre guten Sitten bürgt. Kennen Sie nicht den Senator Onésimo Sánchez?«

In der prallen Sonne auf einem für ihre himmelskörperhaften Hinterbacken zu schmalen Hocker sitzend, erwiderte die Großmutter mit feierlicher Wut:

»Ich bin eine arme Frau in der Unermeßlichkeit der Wüste.«

Mit seinem hitzeverzerrten rechten Auge betrachtete der Bürgermeister sie mitleidig.

»Dann verlieren Sie keine Zeit mehr, Señora«, sagte er. »Dann ist sie zum Teufel.«

Sie war natürlich nicht zum Teufel. Die Großmutter schlug ihr Zelt vor dem Missionskloster auf und setzte sich zum Nachdenken nieder wie ein einsamer Krieger, der eine befestigte Stadt im Belagerungszustand hält. Der fahrende Photograph, der sie sehr gut kannte, lud seine Siebensachen auf den Gepäckständer und wollte allein abfahren, als er sie in der prallen Sonne sitzen sah, den Blick starr auf das Kloster gerichtet.

»Wollen mal sehen, wer zuerst müde wird«, sagte die Großmutter. »Die dort oder ich.«

»Die sind seit dreihundert Jahren da und halten es immer noch aus«, sagte der Photograph. »Ich gehe.«

Erst jetzt bemerkte die Großmutter das beladene Fahrrad. »Wohin gehst du?«

»Wohin mich der Wind mitnimmt«, sagte der Photograph und fuhr ab. »Die Welt ist groß.«

Die Großmutter seufzte.

»Nicht so groß, wie du glaubst, Nichtswürdiger.«

Doch trotz ihres Grolls bewegte sie nicht den Kopf, um nicht den Blick vom Kloster zu wenden. Sie wandte ihn auch nicht ab während vieler Tage mineralischer Hitze, vieler Nächte verirrter Winde, viel Zeit der Meditation, in der niemand das Kloster verließ. Die Indios errichteten neben dem Zelt ein Palmendach und spannten darunter ihre Hängematten auf, aber die Großmutter, auf ihrem Thron schwankend und die rohen Getreidekerne aus ihrer Faltentasche mit der unüberwindbaren Trägheit eines ruhenden Rindes kauend, wachte bis in die späten Stunden.

Eines Nachts fuhr dicht neben ihr langsam eine Reihe bedeckter Lastwagen vorüber, deren einzige Beleuchtung bunte Lichtgirlanden waren, die ihnen das gespenstische Aussehen schlafwandelnder Altäre verliehen. Die Großmutter erkannte die Fahrzeuge sofort, denn sie glichen den Lastwagen der Amadise aufs Haar. Der letzte Lastzug blieb zurück, hielt an, und ein Mann sprang aus dem Fahrerhaus und machte sich an der Ladeplattform zu schaffen. Er schien ein Abbild der Amadise zu sein, mit seiner weitschwingenden Hutkrempe, hohen Stiefeln, zwei auf der Brust verschränkten Patronengürteln, einem Armeegewehr und zwei Pistolen. Von unwiderstehlicher Verlockung bezwungen, sprach die Großmutter den Mann an.

»Weißt du nicht, wer ich bin?«

Der Mann leuchtete ihr mit einer elektrischen Taschenlampe erbarmungslos ins Gesicht. Betrachtete einen Augenblick das vom Lachen verwüstete Gesicht, die von Ermüdung erloschenen Augen, das welke Haar der Frau, die trotz ihres Alters, ihrer schlimmen Verfassung und des rohen Lichts im Gesicht hätte sagen können, sie sei die schönste auf der Welt gewesen. Als er sie lange genug gemustert hatte, um sicher zu sein, daß er sie gesehen hatte, schaltete er die Lampe aus.

»Das einzige, was ich mit aller Sicherheit weiß«, sagte er, »ist, daß Sie nicht die Mutter Gottes von den Heilmitteln sind.«

»Im Gegenteil«, sagte die Großmutter mit süßer Stimme. »Ich bin die Dame.«

Instinktiv legte der Mann die Hand an die Pistole.

»Welche Dame?«

»Die von Amadís dem Großen.«

»Dann sind Sie nicht von dieser Welt«, sagte er wachsam. »Was wollen Sie?«

»Daß ihr mir helft, meine Enkelin loszukaufen, die Enkelin von Amadís dem Großen, die Tochter von unserem Amadís, die in diesem Kloster gefangen sitzt.«

Der Mann bezwang seine Furcht.

»Sie haben sich in der Adresse getäuscht«, sagte er. »Wenn Sie glauben, daß wir imstande sind, uns in Gottes Belange einzumischen, sind Sie nicht die, die Sie zu sein behaupten, dann haben Sie weder die Amadise gekannt noch haben Sie die geringste Vorstellung, was Schmuggel ist.«

In jenem Morgengrauen schlief die Großmutter weniger als an den vorhergegangenen Tagen. Sie verbrachte die Stunden kauend, in einen Wollmantel gehüllt, während die Nachtzeit ihr Gedächtnis auf den Kopf stellte und die verdrängten Wahnideen nach einem Ausweg rangen, obwohl sie wach war und die Hand aufs Herz pressen mußte, damit die Erinnerung an ein Haus am Meer mit großen bunten Blumen, in dem sie glücklich gewesen war, sie nicht erstickte. So verharrte sie, bis die Klosterglocke läutete und die ersten Lichter in den Fenstern aufleuchteten und die Wüste sich mit dem Geruch von warmem Frühmettenbrot sättigte. Erst dann überließ sie sich der Müdigkeit, von der Selbsttäuschung genarrt, daß Eréndira aufgestanden sei und einen Weg suche, um zu entkommen und zu ihr zurückzukehren.

Eréndira hingegen verlor nicht eine Nacht des Schlafs, seit sie ins Kloster gebracht worden war. Sie hatten ihr das Haar mit einer Baumschere geschnitten, bis ihr Kopf einer Bürste glich, sie hatten ihr den rohen Leinenüberrock angezogen und ihr einen Eimer mit Kalkwasser und einen Schrubber in die Hand gedrückt, damit sie die Stufen der Treppen jedesmal kalkte, wenn jemand darübergegangen war. Das war eine Mauleselarbeit, denn es herrschte ein unablässiges Treppauf-Treppab mit Lehm beschmutzter Missionare und lasttragender Novizinnen, doch Eréndira empfand es nach der tödlichen Bettgaleere als einen ewigen Sonntag. Überdies war sie bei Einbruch der Nacht nicht die einzige Erschöpfte, denn das Kloster war nicht dem Kampf gegen den Teufel, sondern dem Kampf gegen die Wüste geweiht. Eréndira hatte die eingeborenen Novizinnen gesehen, wie sie die Kühe mit Genickstößen zähmten, um sie in die Ställe zu schaffen, wie sie ganze Tage auf den Brettern hüpften, um Käse auszupressen, wie sie den Ziegen bei einer schwierigen Geburt halfen. Sie hatte sie wie wetterfeste

Stauer schwitzen sehen, wenn sie Wasser aus dem Brunnen pumpten und mit Muskelkraft einen widerwilligen Gemüsegarten bewässerten, den andere Novizinnen mit der Spitzhacke beackert hatten, um Gemüse im Feuerstein der Wüste anzupflanzen. Sie hatte die irdische Hölle der Brotbacköfen und die Bügelzimmer gesehen. Sie hatte eine Nonne gesehen, die ein Schwein durch den Innenhof hetzte, sah sie an seine Ohren geklammert mitsamt dem widerspenstigen Schwein ausrutschen und sich im Schlamm wälzen, ohne es loszulassen, bis zwei Novizinnen mit Lederschürzen ihr halfen, mit dem Tier fertig zu werden, und eine von ihnen stach es mit einem Metzgermesser ab, und alle wurden mit Blut und Schlamm besudelt. Sie hatte im Nebenpavillon des Hospitals die schwindsüchtigen Nonnen in ihren Leichenhemden gesehen, die auf Gottes letzten Befehl warteten und dabei auf den Terrassen Hochzeitslaken stickten, während die Männer der Missionsstation in der Wüste predigten. Eréndira lebte in ihrem Halbschatten, entdeckte andere Formen der Schönheit und des Schreckens, die sie sich in der engen Welt des Betts nie vorgestellt hatte, doch weder den rücksichtslosen noch den einschmeichelnden Novizinnen war es gelungen, auch nur ein Wort aus ihr herauszubringen, seit sie ins Kloster verschleppt worden war. Eines Morgens, als sie den Kalk im Eimer mit Wasser vermischte, hörte sie Saitenmusik, die einem noch durchscheinenderen Licht im Wüstenlicht glich. Von dem Wunder gebannt, drang sie bis in einen riesigen leeren Saal mit nackten Wänden und großen Fenstern vor, durch welche die betörende Junihelligkeit hereinströmte, und verharrte und sah in der Mitte des Saals eine schöne Nonne, die sie nie zuvor gesehen hatte und die auf dem Cembalo ein Osteroratorium spielte. Eréndira lauschte unbeweglich der Musik, zuinnerst gespannt, bis es zum Essen läutete. Nach dem

Mittagessen, während sie die Treppe mit der Espartograsbürste weißte, wartete sie, bis alle Novizinnen die Treppen hinauf- und hinuntergelaufen waren, und blieb allein, wo niemand sie hören konnte, und nun sprach sie zum ersten Mal, seit sie das Kloster betreten hatte.

»Ich bin glücklich«, sagte sie.

So schwanden der Großmutter die Hoffnungen, Eréndira könnte fliehen, um zu ihr zurückzukehren, und dennoch hielt sie ihren granitharten Belagerungszustand bis zum Pfingstsonntag aufrecht, ohne einen Entschluß zu fassen. Zu jener Zeit durchsuchten die Missionare die Wüste nach schwangeren Konkubinen, um diese zu verheiraten. Sie drangen in einem altersschwachen Kleinlastwagen bis in die weltvergessensten Hüttensiedlungen vor, begleitet von vier gutbewaffneten Armeesoldaten und einer Truhe voller Schund. Das Schwierigste an dieser Indiojagd war, die Weiber zu überzeugen, die sich gegen die göttliche Gnade mit der wahrheitsgetreuen Beweisführung verteidigten, daß die Männer, während sie selber erschöpft in ihren Hängematten schliefen, sich das Recht nähmen, den gesetzmäßigen Ehefrauen eine rauhere Arbeit zuzumuten als den Konkubinen. Es galt, die Weiber mit Täuschungsmanövern zu verführen; so mischte man in den Saft ihrer eigenen Sprache Gottes Wille, damit sie ihn als weniger hart empfanden, doch sogar die durchtriebensten ließen sich schließlich vom Flitter eines Paares Ohrringe überzeugen. Sobald die Missionare die Zustimmung der Frau erhalten hatten, zerrten sie die Männer mit Kolbenstößen aus ihren Hängematten und luden sie gefesselt auf den Lastwagen, um sie gewaltsam zu verheiraten.

Mehrere Tage hindurch sah die Großmutter den Kleinlastwagen mit schwangeren Indiofrauen aufs Kloster zufahren, fand dabei aber nicht den für sie günstigen Augenblick. Der kam am Pfingstsonntag, als sie das Feuerwerk und Glockengebimmel hörte, die armselige und doch so fröhliche Menschenmenge zum Fest schreiten sah und in den Menschenmengen schwangere Frauen mit Brautschleier und -kränzchen am Arm ihrer Zufallsehemänner, die durch die Kollektivhochzeit ihre rechtmäßigen Männer werden würden.

Unter den letzten Männern des Zuges schritt ein junger Mann in Lumpen mit unschuldigem Herzen und einem wie ein Tomatenkürbis geschorenen Indiokopf, der eine Osterkerze mit seidener Schleife hielt. Die Großmutter rief ihn zu sich.

»Sag mal, Sohn«, fragte sie mit ihrer lieblichsten Stimme. »Was suchst du in diesem Rummel?«

Der junge Mann mit seiner Kerze fühlte sich eingeschüchtert, und es fiel ihm schwer, die Lippen über seinen Eselszähnen zu schließen.

»Die Paterchen schicken mich zur ersten Kommunion«, sagte er.

»Wieviel haben sie dir bezahlt?«

»Fünf Pesos.«

Die Großmutter zog aus ihrer Faltentasche ein Bündel Banknoten, die der junge Mann verwundert anstarrte. »Ich will dir zwanzig geben«, sagte die Großmutter. »Aber nicht, damit du zur ersten Kommunion gehst, sondern damit du heiratest.«

»Aber wen denn?«

»Meine Enkelin.«

So heiratete Eréndira im Innenhof des Klosters, im Häftlingsrock und einer Spitzenmantille, die ihr die Novizinnen geschenkt hatten, ohne daß sie überhaupt wußte, wie der Ehemann hieß, den die Großmutter ihr gekauft hatte. Sie erduldete mit unsicherer Hoffnung die Qual des Kniens auf dem Kalkboden, den Ziegenbock-Pestgestank der zweihundert schwangeren Bräute, die Strafe des in regloser Sommerhitze lateinisch geleierten Apostelbriefs, denn die Missionare hatten keinen Ausweg gefunden, sich der List der unvorhergesehenen Hochzeit zu widersetzen, noch beabsichtigten sie, einen letzten Versuch zu unternehmen, Eréndira im Kloster zu halten. Dennoch: nach Abschluß der Zeremonie und in Anwesenheit des Apostolischen Priors, des Militärrichters, der auf Wolken feuerte, ihres neugebackenen Ehemanns und ihrer gleichgültigen Großmutter, fand Eréndira sich von neuem unter dem Zauberbann, der sie seit ihrer Geburt beherrscht hatte. Als man sie fragte, was ihr freier, wahrhaftiger und endgültiger Wille sei, ließ sie nicht einmal einen Seufzer des Zauderns vernehmen.

»Ich will fort«, sagte sie. Und erläuterte, auf den Ehemann deutend: »Aber ich gehe nicht mit ihm, sondern mit meiner Großmutter.«

Ulysses hatte den ganzen Nachmittag bei dem Versuch vertan, eine Orange aus der Pflanzung seines Vaters zu stehlen, doch der hatte ihn nicht aus den Augen gelassen, während die kranken Bäume beschnitten wurden, und seine Mutter hatte ihn vom Haus aus beobachtet. Daher gab er sein Vorhaben auf, zumindest für diesen Tag, und half seinem Vater, wohl oder übel, bis die letzten Orangenbäume gestutzt waren.

Die ausgedehnte Pflanzung lag verschwiegen und versteckt, und das blechgedeckte Holzhaus hatte kupferne Fliegenfenster und eine säulengestützte Terrasse mit üppig blühenden primitiven Pflanzen. Ulysses' Mutter lag in einem Wiener Schaukelstuhl auf der Terrasse, geräucherte Blätter an den Schläfen, um ihre Kopfschmerzen zu lindern, und ihr reinrassiger Indioblick verfolgte wie eine unsichtbare Lichtgarbe die Bewegungen ihres Sohnes bis in die verborgensten Winkel der Orangenpflanzung. Sie war sehr schön, viel jünger als ihr Mann, und trug nicht nur noch immer das lange Frauenkleid ihres Stammes, sondern kannte auch die ältesten Geheimnisse ihres Blutes.

Als Ulysses mit den Baumscheren ins Haus zurückkehrte, bat seine Mutter ihn um ihre Vieruhrmedizin, die auf einem Tischchen in der Nähe stand. Glas und Fläschchen veränderten die Farbe, sobald er sie berührte. Dann faßte er aus reinem Mutwillen einen Kristallkrug an, der mit anderen Gläsern auf dem Tisch stand, und auch der Krug wurde blau. Seine Mutter beobachtete ihn, während sie die Medizin einnahm, und als sie sicher war, daß sie wegen ihrer Schmerzen nicht delirierte, fragte sie in der Guajiro-Sprache:

»Seit wann passiert dir das?«

»Seit wir aus der Wüste zurückgekommen sind«, sagte Ulysses gleichfalls auf guajiro. »Aber nur mit Glas.«

Um es zu beweisen, berührte er nacheinander die Gläser, die auf dem Tisch standen, und alle wechselten die Farbe auf verschiedene Weise.

»Diese Dinge passieren nur aus Liebe«, sagte die Mutter. »Wer ist es?«

Ulysses antwortete nicht. Sein Vater, der Guajiro nicht verstand, kam in diesem Augenblick mit einem Büschel Orangen auf die Terrasse.

»Wovon sprecht ihr?« fragte er Ulysses auf holländisch.

»Von nichts Besonderem«, erwiderte Ulysses.

Ulysses' Mutter verstand kein Holländisch. Als ihr Mann im Haus verschwunden war, fragte sie ihren Sohn auf guajiro:

»Was hat er zu dir gesagt?«

»Nichts Besonderes«, sagte Ulysses.

Er hatte seinen Vater beim Betreten des Hauses aus den Augen verloren, sah ihn aber gleich darauf durch ein Fenster des Büros wieder. Die Mutter wartete, bis sie allein mit Ulysses war, und wiederholte beharrlich:

»Sag mir, wer es ist.«

»Es ist niemand«, sagte Ulysses.

Er hatte unaufmerksam geantwortet, weil er die Bewegungen seines Vaters im Büro beobachtete. Er hatte ihn die Orangen auf den Geldschrank legen sehen, um den Kombinationsschlüssel einzustellen. Doch während Ulysses seinen Vater beobachtete, beobachtete ihn seine Mutter.

»Du ißt seit langem kein Brot mehr«, bemerkte sie.

»Es schmeckt mir nicht.«

Sofort wurde das Gesicht seiner Mutter ungewöhnlich lebhaft. »Gelogen«, sagte sie. »Es schmeckt dir nicht, weil du unglücklich verliebt bist, und die, denen es so geht, können kein Brot essen.« Ihre Stimme war wie ihre Augen nicht mehr flehend, sondern drohend.

»Sag mir lieber, wer es ist«, sagte sie, »oder ich verpasse dir gewaltsam Reinigungsbäder.«

Im Büro öffnete der Holländer den Geldschrank, legte die Orangen hinein und verschloß wieder die Panzertür. Jetzt wandte Ulysses sich vom Fenster ab und antwortete ungeduldig seiner Mutter.

»Ich hab' dir gesagt, daß es nichts ist«, sagte er. »Wenn du mir nicht glaubst, frag meinen Vater.«

Der Holländer, seine zerlesene Bibel unter dem Arm, erschien in der Bürotür und zündete sich seine Seemannspfeife an. Die Mutter fragte ihn auf spanisch:

»Wen habt ihr in der Wüste kennengelernt?«

»Niemand«, antwortete ihr Mann, ein wenig in den Wolken. »Wenn du mir nicht glaubst, frag Ulysses.«

Er setzte sich ins hintere Gangende und zog an seiner Pfeife, bis sie ausgeraucht war. Dann öffnete er an einer beliebigen Stelle die Bibel und las fast zwei Stunden lang laut unzusammenhängende Bruchstücke in flüssigem getragenen Holländisch.

Um Mitternacht dachte Ulysses noch immer so verbissen nach, daß er nicht einschlafen konnte. Dann wälzte er sich im Versuch, den Schmerz seiner Erinnerungen zu beherrschen, noch eine Stunde in der Hängematte hin und her, bis eben dieser Schmerz ihm die zu einer Entscheidung fehlende Kraft gab. Sogleich zog er seine Viehtreiberhosen an, das karierte Schottenhemd und seine Reitstiefel, sprang durchs Fenster und floh in dem mit Vögeln beladenen Lastwagen. Als er an der Pflanzung vorbeikam, riß er die drei reifen Orangen ab, die er nachmittags nicht hatte stehlen können.

Den Rest der Nacht fuhr er durch die Wüste und fragte im Morgengrauen in Dörfern und Weilern nach Eréndiras Verbleib, doch niemand konnte ihm Auskunft geben. Schließlich wurde ihm mitgeteilt, sie ziehe hinter dem Wahlausschuß des Senators Onésimo Sánchez her, und der müsse an jenem Tag in Nova Castilla sein. Dort fand er die Gruppe nicht, sondern im nächsten Dorf, aber Eréndira war nicht mehr im Gefolge des Senators, denn ihre Großmutter hatte bei ihm erwirkt, daß er ihre gute Moral in einem handschriftlichen Brief verbürgte, der ihr auch die verschlossensten Türen zur Wüste öffnen würde. Am dritten Tag stieß Ulysses auf den Mann von der Nationalpost, und dieser wies ihm die gesuchte Richtung.

»Sie gehen zum Meer«, sagte er. »Aber eil dich, denn die verfluchte Alte hat die Absicht, auf die Insel Aruba überzusetzen.«

In der besagten Richtung konnte Ulysses nach einer halben Tagesreise die weite abgenutzte Pelerine unterscheiden, welche die Großmutter von einem heruntergekommenen Zirkus erstanden hatte. Der fahrende Photograph hatte sich ihr wieder angeschlossen, überzeugt, daß die Welt tatsächlich nicht so groß war, wie er gedacht hatte, und in der Nähe des Feldzelts seine idyllischen Gemälde aufgestellt. Eine Kapelle von Blechbläsern lockte Eréndiras Kunden mit einem trübsinnigen Walzer.

Ulysses wartete, bis die Reihe an ihn kam, und das erste, was ihm auffiel, war die Ordnung und Reinlichkeit des Zeltinnern. Das Bett der Großmutter hatte seine vizekönigliche Pracht wiedergewonnen, die Engelstatue stand auf ihrem Platz neben der Grabtruhe der Amadise, außerdem gab es eine Zinnbadewanne mit Löwentatzen. Auf ihrem neuen Bett mit Leinendach ausgestreckt, lag Eréndira nackt und friedlich da und verströmte kindlichen Glanz in dem durchs Zeltdach sickernden Licht. Sie schlief mit offenen Augen. Ulysses blieb vor ihr stehen, die Orangen in der Hand, und merkte, daß sie ihn anblickte, ohne ihn zu sehen. Nun fuhr er mit der Hand über ihre Augen und rief sie mit dem Namen, den er erfunden hatte, um an sie zu denken:

»Arídnere.«

Eréndira erwachte. Sie fühlte sich nackt vor Ulysses, stieß ein dumpfes Kreischen aus und zog das Laken bis über den Kopf.

»Schau mich nicht an«, sagte sie. »Ich sehe schlimm aus.«

»Du bist orangenfarben«, sagte Ulysses. Er legte die Früchte auf Augenhöhe neben sie, damit sie sie verglich. »Sieh.«

Eréndira zog die Decke von den Augen und stellte fest, daß die Orangen tatsächlich ihre Farbe hatten.

»Ich will nicht, daß du jetzt dableibst«, sagte sie.

»Ich bin nur hereingekommen, um dir das zu zeigen«, sagte Ulysses. »Schau.«

Er ritzte eine Orange mit den Fingernägeln auf, teilte sie mit beiden Händen und zeigte Eréndira das

Innere: am Kern der Frucht haftete ein echter Diamant.

»Das sind die Orangen, die wir zur Grenze fahren«, sagte er.

»Aber es sind doch gewachsene Orangen!« rief Eréndira aus.

»Natürlich«, lächelte Ulysses. »Mein Vater pflanzt sie an.«

Eréndira konnte es nicht glauben. Sie zog die Decke ganz vom Gesicht, faßte den Diamanten mit den Fingern und betrachtete ihn staunend.

»Für drei von diesen reisen wir um die ganze Welt«, sagte Ulysses.

Eréndira gab ihm den Diamanten mit mutloser Miene zurück. Ulysses ließ nicht locker.

»Außerdem habe ich einen Lastwagen«, sagte er. »Und außerdem ... Schau!«

Er zog unter dem Hemd einen altertümlichen Revolver hervor.

»Vor zehn Jahren kann ich nicht fort«, sagte Eréndira.

»Du wirst fortkönnen«, sagte Ulysses. »Heute nacht, wenn der weiße Wal schläft, werde ich dort draußen sein und singen wie der Nachtkauz.«

Er ahmte den Gesang des Nachtkauzes so täuschend nach, daß Eréndiras Augen zum ersten Mal lächelten.

»Es ist meine Großmutter«, sagte sie.

»Der Nachtkauz?«

»Der Wal.«

Beide lachten über die Verwechslung, aber Eréndira nahm den Faden wieder auf.

»Niemand kann irgendwo ohne die Erlaubnis seiner Großmutter hingehen.«

»Du brauchst ihr ja nichts zu sagen.«

»Sie wird es trotzdem erfahren«, sagte Eréndira. »Sie träumt die Dinge.«

»Wenn sie zu träumen beginnt, daß du fortgehst, sind wir schon über die Grenze. Wir gehen mit den Schmugglern hinüber ...«, sagte Ulysses.

Die Pistole mit der Sicherheit eines Filmdesperados packend, ahmte er das Knallen der Schüsse nach, um Eréndira mit seiner Kühnheit aus der Fassung zu bringen. Sie sagte nicht nein und nicht ja, doch ihre Augen seufzten, und sie verabschiedete Ulysses mit einem Kuß. Ulysses murmelte bewegt:

»Morgen werden wir die Schiffe fahren sehen.«

An jenem Abend kurz nach sieben kämmte Eréndira die Großmutter, als wieder der Wind ihres Unglücks wehte. Im Schutz des Feldzelts standen die Indio-Lastträger und der Direktor der Blaskapelle und warteten auf die Auszahlung ihres Lohns. Die Großmutter hatte soeben die Banknoten aus einer in Reichweite befindlichen Truhe gezählt, und nachdem sie in ein Rechnungsheft geblickt hatte, bezahlte sie den ältesten der Indios.

»Hier«, sagte sie. »Zwanzig Pesos die Woche, weniger acht für Kost, weniger drei für Wasser, weniger fünfzig Centavos Abzahlung für die neuen Hemden, ergibt acht fünfzig. Zähl's gut nach.«

Der älteste Indio zählte das Geld, und alle zogen sich mit einer Verbeugung zurück.

»Danke, Weiße.«

Der nächste war der Direktor der Musikanten. Die Großmutter schaute in ihr Rechnungsheft und wandte sich an den Photographen, der den Balg der Kamera mit Pechpflaster aus Guttapercha zu reparieren suchte.

»Wie steht's?« sagte sie. »Zahlst du den vierten Teil der Musik oder zahlst du ihn nicht?«

Der Photograph hob nicht einmal den Kopf, um zu antworten.

»Die Musik kommt auf den Photographien nicht zum Vorschein.«

»Aber sie macht den Leuten Lust, sich porträtieren zu lassen«, entgegnete die Großmutter.

»Im Gegenteil«, sagte der Photograph. »Sie erinnert sie an die Toten, und schon machen sie auf den Bildern die Augen zu.«

Der Direktor der Blaskapelle mischte sich ein.

»Sie machen nicht wegen der Musik die Augen zu«, sagte er. »Sondern wegen des Blitzlichts bei Nachtaufnahmen.«

»Wegen der Musik«, beharrte der Photograph.

Die Großmutter machte dem Streit ein Ende. »Sei kein Knauser«, sagte sie zu dem Photographen. »Du siehst doch, wie reich der Senator Onésimo Sánchez ist, und zwar dank der Musiker, die er mitnimmt.« Und sie schloß hartherzig:

»Du zahlst also den Teil, der auf dich fällt, oder du gehst deiner Wege. Es ist nicht gerecht, daß dies arme Geschöpf die ganze Last der Unkosten tragen soll.«

»Ich gehe meiner Wege«, sagte der Photograph. »Schließlich und endlich bin ich Künstler.«

Die Großmutter zuckte mit den Achseln und wandte sich an den Musiker. Sie überreichte ihm ein Bündel Banknoten gemäß der in ihrem Rechenheft notierten Zahl.

»Zweihundert und vier Stücke«, sagte sie, »zu fünfzig Centavos je, macht einhundertsechsundfünfzig zwanzig.«

Der Musiker nahm das Geld nicht an.

»Es macht einhundertundzweiundachtzig vierzig«, sagte er. »Die Walzer kosten mehr.«

»Und warum?«

»Weil sie trauriger sind«, sagte der Musiker.

Die Großmutter zwang ihn, das Geld anzunehmen.

»Dann spielst du uns diese Woche zwei fröhliche Stücke für jeden Walzer, den ich dir schulde, und wir haben Frieden.«

Der Musiker verstand nicht die Logik der Großmutter, nahm jedoch ihre Rechnung hin, während er die Nuß zu knacken suchte. In diesem Augenblick war der entsetzliche Wind drauf und dran, das Feldzelt zu entwurzeln, und in der Stille, die er hinterließ, war draußen, deutlich und düster, der Gesang des Nachtkauzes zu vernehmen.

Eréndira wußte nicht, wie sie ihre Verwirrung verbergen sollte. Sie verschloß die Geldtruhe und verbarg sie unter dem Bett, doch die Großmutter sah das Zittern ihrer Hand, als sie ihr den Schlüssel zurückgab. »Keine Angst«, sagte sie. »In windigen Nächten sind immer die Nachtkäuze unterwegs.« Freilich war sie nicht ganz so überzeugend, als sie den Photographen mit seiner Kamera auf dem Rücken abziehen sah.

»Wenn du willst, bleib bis morgen«, sagte sie. »Heute nacht geht der Tod um.«

Auch der Photograph hatte den Gesang des Nachtkauzes gehört, verzog aber keine Miene.

»Bleib, Sohn«, beharrte die Großmutter. »Wenn auch nur um der Zuneigung willen, die ich für dich empfinde.«

»Aber die Musik zahl' ich nicht«, sagte der Photograph.

»Kommt nicht in Frage«, sagte die Großmutter. »Kommt überhaupt nicht in Frage.«

»Sehen Sie?« sagte der Photograph. »Sie mögen niemand leiden.«

Die Großmutter erbleichte vor Wut.

»Dann scher dich fort«, sagte sie. »Mißgeburt!«

Sie fühlte sich so beleidigt, daß sie weiter gegen ihn wetterte, während Eréndira ihr beim Zubettgehen half. »Sohn einer schnöden Mutter«, knurrte sie. »Was weiß dieser Bankert von fremden Herzen.« Eréndira schenkte ihr keine Aufmerksamkeit, denn der Nachtkauz rief sie in den Pausen des Windes mit hartnäckigem Drängen, und die Ungewißheit folterte sie. Die Großmutter legte sich endlich mit dem gleichen, im alten Herrenhaus streng geübten Ritual zu Bett, und während die Enkelin sie fächelte, überwand sie ihren Groll und atmete wieder ihre sterile Luft.

»Du mußt sehr früh aufstehen«, sagte sie dann, »damit du mir das Kräuterbad aufkochst, bevor die Leute kommen.«

»Ja, Großmutter.«

»In der Zeit, die dir dann übrigbleibt, wasche die schmutzige Wäsche der Indios, dadurch haben wir noch etwas, was wir ihnen in der kommenden Woche abziehen können.«

»Ja, Großmutter«, sagte Eréndira.

»Und schlaf langsam, damit du nicht ermüdest, denn morgen ist Donnerstag, der längste Tag der Woche.«

»Ja, Großmutter.«

»Und gib dem Vogel Strauß sein Futter.«

»Ja, Großmutter.«

Sie legte den Fächer ans Kopfende des Bettes und entzündete zwei Altarkerzen vor der Totentruhe. Die bereits eingeschlafene Großmutter gab ihr den verspäteten Befehl:

»Vergiß nicht, die Kerzen der Amadise zu befestigen.«

»Ja, Großmutter.«

Nun wußte Eréndira, daß sie nicht aufwachen würde, weil sie irrezureden begonnen hatte. Eréndira hörte das Heulen des Windes rings um das Feldzelt, doch auch diesmal erkannte sie nicht den Atem ihres Unglücks. Sie streckte den Kopf in die Nacht hinaus, bis der Nachtkauz von neuem sang, und schließlich gewann ihr Freiheitsdrang über den Zauberbann der Großmutter die Oberhand.

Sie hatte noch keine fünf Schritte vor das Zelt getan, als sie auf den Photographen stieß, der seine Instrumente auf dem Packgestell des Fahrrads festband. Sein Verschwörerlächeln beruhigte sie.

»Ich weiß von nichts«, sagte der Photograph. »Ich habe nichts gesehen und zahle auch nicht die Musik.«

Er verabschiedete sich mit einem weltumspannenden Segenswunsch. Nun rannte Eréndira, auf ewig entschlossen, in die Wüste hinein und verlor sich im Dunkel des Windes, in dem der Nachtkauz sang.

Diesmal nahm die Großmutter unverzüglich ihre Zuflucht zur zivilen Amtsgewalt. Der Kommandant der örtlichen Ersatztruppen sprang um sechs Uhr in der Frühe aus der Hängematte, als sie ihm den Brief des Senators vor die Nase hielt. Ulysses' Vater wartete vor der Tür.

»Wie zum Teufel soll ich das lesen?« schrie der Kommandant, »wenn ich nicht lesen kann.«

»Es ist ein Empfehlungsbrief des Senators Onésimo Sánchez«, sagte die Großmutter.

Ohne weitere Fragen nahm der Kommandant ein Gewehr, das in der Nähe der Hängematte hing, und begann seinen Sergeanten Befehle zuzubrüllen. Fünf Minuten später saßen alle in einem Militärlastwagen, welcher der Grenze zuflog, mit einem widrigen Wind, der die Spuren der Flüchtlinge verwischte. Neben dem Fahrer saß vorne der Kommandant. Hinter ihm der Holländer mit der Großmutter, auf jedem Trittbrett stand ein bewaffneter Sergeant.

In nächster Nähe des Dorfs hielten sie eine Karawane von persenningbedeckten Lastwagen an. Mehrere auf der Pritsche versteckte Männer rissen die Segeltuchplane hoch und zielten mit Maschinengewehren und Gewehren auf den Militärlastwagen. Der Kommandant fragte den Fahrer des ersten Lastwagens, in welcher Entfernung er einen mit Vögeln beladenen Gutslieferwagen gesehen habe.

Der Fahrer fuhr an, bevor er antwortete.

»Wir sind keine Dummköpfe«, sagte er ungehalten. »Wir sind Schmuggler.«

Der Kommandant sah dicht vor seinen Augen die verrauchten Läufe der Maschinengewehre vorübergleiten, hob die Arme und lächelte.

»Seid wenigstens so anständig«, schrie er ihnen zu, »und fahrt nicht bei hellichter Sonne herum.«

Der letzte Lastwagen trug auf der hinteren Ladeklappe die Aufschrift: *Ich denke an dich, Eréndira.*

Je weiter sie nordwärts kamen, desto schärfer wurde der Wind, und die Sonne wurde immer wütender mit dem Wind, und es war mühsam, bei der Hitze und dem Staub im geschlossenen Lastwagen zu atmen.

Die Großmutter war die erste, die den Photographen erblickte: Er radelte in der gleichen Richtung, in die sie flogen, und sein einziger Schutz gegen einen Sonnenstich war ein um den Kopf gebundenes Taschentuch.

»Da ist er!« Sie zeigte auf ihn. »Der war ihr Helfershelfer. Die Mißgeburt!«

Der Kommandant befahl einem seiner Sergeanten auf den Trittbrettern, er solle den Photographen übernehmen.

»Halt ihn fest und warte hier auf uns«, sagte er. »Wir kommen gleich wieder.«

Der Sergeant sprang vom Trittbrett und schrie dem Photographen »Halt« zu. Doch der hörte ihn nicht wegen des Gegenwindes. Als der Lastwagen ihn überholte, machte die Großmutter ihm eine rätselhafte Gebärde, die er aber mit einem Gruß verwechselte, so daß er lächelte und ihr ein Lebewohl zuwinkte. Er hörte nicht den Schuß. Machte einen Purzelbaum in der Luft und fiel tot aufs Fahrrad zurück, den Kopf von einer Gewehrkugel zerschmettert, von der er nie erfahren sollte, woher sie gekommen war.

Kurz vor Mittag sahen sie die ersten Federn. Sie segelten mit dem Wind und waren die Federn junger

Vögel; der Holländer erkannte sie, denn sie gehörten seinen vom Wind gerupften Vögeln. Der Fahrer berichtigte die Fahrtrichtung, trat aufs Pedal, und vor Ablauf einer halben Stunde entdeckten sie den Kleinlastwagen am Horizont.

Als Ulysses im Rückspiegel den Militärwagen auftauchen sah, versuchte er die Entfernung zu vergrößern, aber der Motor gab nicht mehr her. Sie hatten die ganze Reise ohne Schlafpause zurückgelegt und waren erschöpft von Müdigkeit und Hunger. Eréndira, die an Ulysses' Schulter döste, fuhr erschreckt auf. Sie sah den Lastwagen, der sie fast eingeholt hatte, und griff nach der Pistole im Handschuhfach.

»Sie nutzt nichts«, sagte Ulysses. »Sie hat Francis Drake gehört.«

Sie drückte mehrmals ab und warf sie zum Fenster hinaus. Die Militärpatrouille überholte den altersschwachen, mit windgerupften Vögeln beladenen Lieferwagen, schlug einen scharfen Haken und versperrte ihm den Weg.

Ich lernte die beiden Frauen um jene Zeit, die Epoche ihres größten Glanzes, kennen, wenn ich auch die Einzelheiten ihres Lebens erst viele Jahre später erforschen sollte, als Rafael Escalona in einem Lied den schrecklichen Ausgang des Dramas enthüllte und ich es für ratsam hielt, ihn zu erzählen. Ich reiste damals als Verkäufer von Enzyklopädien und medizinischen Büchern durch die Provinz Riohacha. Alvaro Cepeda Samudio, der gleichfalls die Gegend bereiste und Bierautomaten verkaufte, nahm mich in seinem Lieferwagen in die Wüstendörfer mit, um mit mir von Gott weiß was für Dingen zu reden, und wir redeten über so viele Nichtigkeiten und tranken dabei so viel Bier, daß wir, ohne zu wissen wann und wie, die ganze Wüste durchquerten und bis zur Grenze kamen. Dort stand das Zelt der fahrenden Liebe unter hängenden Spruchbändern: *Eréndira ist besser Geh und komm wieder Eréndira erwartet dich Kein Leben ohne Eréndira.* Die endlose Reihe von Männern verschiedenster Rassen und Herkunft glich einer Schlange mit menschlichem Rückgrat, die über leere Grundstücke und Plätze, zwischen buntscheckigen Basaren und lärmenden Märkten dahindöste und den Straßen der von Gelegenheitshändlern dröhnenden Stadt entquoll. Jede Straße war eine öffentliche Spielhölle, jedes Haus eine Kantine, jede Tür eine Zuflucht für Flüchtige. Das mannigfache, unentwirrbare Musikgedudel und das Gegröle der Marktrufer bildeten ein einziges panisches Gedonner in der betäubenden Hitze.

In der Menge der Heimatlosen und Lüstlinge stand Blacamán der Gute auf einem Tisch und erbat sich eine echte Giftschlange, um am eigenen Leib ein Gegengift seiner Erfindung zu erproben. Da war die aus Ungehorsam gegen ihre Eltern in eine Spinne verwandelte Frau, die sich für fünfzig Centavos befühlen ließ, um zu zeigen, daß es kein Betrug war, und die Fragen beantwortete, die ihr über ihr Mißgeschick gestellt wurden. Da war ein Abgesandter des Ewigen Lebens, der die unmittelbar bevorstehende Erscheinung der entsetzlichen sideralen Fledermaus ankündigte, deren heißglühender Schwefelatem die Ordnung der Natur umstürzen und die Geheimnisse des Meeres an die Oberfläche bringen würde.

Der einzige Ruhepol war das Vergnügungsviertel, wohin nur die Ausläufer des Stadtlärms drangen. Den vier Quadranten der Windrose entstammende Freudenmädchen gähnten gelangweilt in den verlassenen Tanzsalons. Sie hatten ihre Siesta im Sitzen verbracht, ohne daß jemand sie aus Begierde geweckt hätte, und warteten unter den Ventilatoren aus zusammengeschraubten Windmühlenflügeln im niedrigen Himmel unverwandt auf die siderische Fledermaus. Plötzlich stand eins der Mädchen auf und betrat eine Galerie mit Stiefmütterchen, die auf die Straße ging. Dort führte die Schlange von Eréndiras Anwärtern vorbei.

»Hört mal«, schrie die Frau ihnen zu. »Was hat die, was wir nicht haben?«

»Den Brief eines Senators«, schrie jemand.

Vom Geschrei und Gelächter angelockt, traten andere Frauen auf die Galerie hinaus.

»Diese Schlange ist seit Tagen so lang«, sagte eine von ihnen. »Stell dir vor, bei fünfzig Pesos pro Mann.«

Die, welche zuerst hinausgetreten war, entschied:

»Dann will ich mal sehen, was dieses Siebenmonatskind Goldenes an sich hat.«

»Ich auch«, sagte eine andere. »Das ist noch besser, als den Stuhl gratis anwärmen.«

Unterwegs schlossen sich andere an, und als sie Eréndiras Zelt erreichten, hatte sich ein lärmender Zug zusammengerottet. Sie traten ein, ohne sich anzumelden, scheuchten mit Kissenschlägen den Mann auf, der das bezahlte Geld nach Kräften ausgab, packten Eréndiras Bett und schleppten es wie eine Sänfte auf die Straße hinaus.

»Das ist ein Überfall«, schrie die Großmutter. »Treulose Bande! Strauchdiebinnen!« Und gegen die wartende Männerschlange gerichtet: »Und ihr, Weiberröcke, wo habt ihr eure Hoden gelassen, daß ihr diesen Übergriff auf ein armes wehrloses Geschöpf zulaßt! Ihr Schlappsäcke!«

Und sie schrie weiter, bis ihr die Stimme versagte, und ließ einen Hagel von Stockschlägen auf die niedersausen, die in ihre Reichweite gerieten, doch ihr Zorn ging unter im Geschrei und Hohngelächter der Menschenmenge.

Eréndira konnte dem Spott nicht entfliehen, weil die Hundekette, mit der die Großmutter sie nach dem ersten Fluchtversuch an einen Querbalken des Betts gefesselt hatte, sie daran hinderte. Doch sie taten ihr nichts zuleide. Auf ihrem Markisenaltar trugen sie sie durch die lärmenden Straßen, gleichsam ein allegorischer Gang der angeketteten Büßerin, und stellten sie schließlich auf dem Sterbebett in der Mitte des Stadtplatzes zur Schau. Eréndira lag zusammengerollt, verbarg das Gesicht, ohne zu weinen, verharrte so in der Martersonne des Platzes und biß aus Scham und Wut auf die Hundekette ihres bösen Schicksals, bis jemand sie mildtätig mit einem Hemd bedeckte.

Das war das einzige Mal, daß ich die beiden Frauen sah, doch ich erfuhr, daß sie in jener Grenzstadt unter dem Schutz der Garnison gestanden hatten, bis die Truhen der Großmutter barsten, worauf sie die Wüste meerwärts verließen. Nie hatte man in jenen Gebieten der Armen so viel Prunk gesehen. Das war ein Zug von Ochsenkarren, auf denen sich Nachbildungen des Flitterkrams stapelten, der mit dem Brand des Herrenhauses vernichtet worden war, und zwar nicht nur die kaiserlichen Büsten und seltenen Uhren, sondern auch ein Klavier aus zweiter Hand und eine Viktrola zum Aufziehen mit den Platten der Sehnsucht. Eine Koppel Indios mühte sich um die Frachten, und eine Musikkapelle verkündete in den Dörfern die triumphale Ankunft des Zuges.

Die Großmutter reiste in einem papiergirlandengeschmückten Thronsessel und kaute im Schatten eines Kirchenbaldachins ihre Weizenkerne aus der Rockfaltentasche. Ihr monumentaler Umfang hatte zugenommen, weil sie unter ihrer Bluse ein Wams aus Segeltuch trug, in dem sie die Goldbarren verwahrte wie Patronen in einem Patronengürtel. Eréndira, in auffallende, tressenbesetzte Stoffe gekleidet, jedoch nach wie vor die Hundekette am Knöchel, schritt neben ihr.

»Du kannst dich nicht beklagen«, hatte ihr die Großmutter beim Verlassen der Grenzstadt gesagt. »Du hast Kleider wie eine Königin, ein Luxusbett, eine eigene Musikkapelle und vierzehn Indios zu deiner Bedienung. Ist das nicht fabelhaft?«

»Ja, Großmutter.«

»Wenn ich ausfalle«, fuhr die Großmutter fort, »wirst du nicht der Gnade der Männer ausgeliefert sein, sondern wirst ein eigenes Haus in einer bedeutenden Stadt besitzen. Du wirst frei sein und glücklich.«

Das war ein neues, unvorhergesehenes Zukunftsbild. Dafür hatte die Großmutter nie wieder von der ursprünglichen Schuld gesprochen, deren Einzelheiten immer verwickelter und deren Zahlungsziele immer länger, je undurchsichtiger die Lasten des Geschäfts wurden. Dennoch gab Eréndira keinen Seufzer von sich, der ihre Gedanken hätte ahnen lassen. Stillschweigend unterwarf sie sich der Folter des Betts in den Schwefellachen, in der Schlaftrunkenheit der Pfahldörfer, im Mondkrater der Kalksteinminen, während die Großmutter ihr ein Zukunftsbild vorsang, als läse sie in den Karten. Eines Abends nach einem beklemmenden Marsch verspürten sie den Hauch alter Lorbeerbäume, hörten Gesprächsfetzen aus Jamaica und fühlten Lebenskraft und einen Knoten im Herzen: sie waren ans Meer gelangt.

»Da hast du es«, sagte die Großmutter und sog am Ende eines halben Lebens der Verbannung das gläserne Licht der Kariben ein. »Gefällt es dir nicht?«

»Doch, Großmutter.«

Dort bauten sie ihr Zelt auf. Die Großmutter redete die ganze Nacht ohne zu träumen und verwechselte manchmal ihr Heimweh mit einem hellsichtigen Blick in die Zukunft. Sie schlief länger als gewöhnlich und erwachte, beruhigt vom Rauschen des Meers. Dagegen, während Eréndira sie badete, machte sie wiederum Prognosen für die Zukunft, und ihre Hellsicht war so fiebrig, daß sie nächtlichem Irrereden glich.

»Du wirst eine hochherrschaftliche Hausbesitzerin sein«, sagte sie. »Eine Dame von Herkunft, von deinen Schützlingen bewundert und bei den höchsten Behörden in Ehren und Ansehen. Die Schiffskapitäne werden dir aus allen Häfen der Welt Postkarten schicken.«

Eréndira hörte nicht zu. Das laue majoranduftende Wasser sprudelte durch einen von außen gespeisten Kanal in die Badewanne. Eréndira, ohne überhaupt zu atmen, füllte eine undurchlässige Kürbisschale und goß sie mit der einen Hand über die Großmutter aus, während sie diese mit der anderen Hand einseifte.

»Der Ruf deines Hauses wird von Mund zu Mund fliegen, von der Kette der Antillen bis zu Hollands Reichen«, sagte die Großmutter. »Und es wird bedeutender sein als das Präsidentenpalais, denn in deinem Haus werden die Geschäfte der Regierung besprochen, wird das Schicksal der Nation entschieden werden.«

Plötzlich versiegte das Wasser im Kanal. Eréndira trat aus dem Zelt, um zu sehen, was los war, und sah, daß der Indio, der mit dem Einfüllen des Wassers in den Kanal beauftragt war, in der Küche Brennholz hackte.

»Keines mehr da«, sagte der Indio. »Man muß erst Wasser abkühlen lassen.«

Eréndira trat zum Herd, auf dem ein weiterer großer Topf mit aufgekochten aromatischen Blättern stand. Sie wickelte die Hände in ein Tuch und stellte fest, daß sie den Topf ohne Hilfe des Indios heben konnte.

»Geh«, sagte sie. »Ich kümmere mich um das Wasser.«

Sie wartete, bis der Indio aus der Küche gegangen

war. Dann zog sie den kochenden Topf vom Feuer, schleppte ihn mühsam bis zur Höhe des Kanals und wollte das tödliche Wasser in die Baderöhre gießen, als die Großmutter im Zeltinnern schrie:

»Eréndira!«

Es war, als hätte die Großmutter sie gesehen. Die Enkelin, erschreckt vom Schrei, bereute es im letzten Augenblick.

»Ich komme schon, Großmutter«, sagte sie. »Ich kühle gerade das Wasser ab.«

An jenem Abend grübelte sie bis tief in die Nacht hinein, während die Großmutter in ihrem Goldwams schlafend sang. Vom Bett aus betrachtete Eréndira sie mit riesigen Augen, die im Halbdunkel Katzenaugen glichen. Dann legte sie sich wie eine Ertrunkene nieder, die Arme auf der Brust, die Augen offen, und rief mit der ganzen Kraft ihrer inneren Stimme:

»Ulysses.«

Ulysses erwachte jäh im Haus der Orangenpflanzung. Er hatte Eréndiras Stimme mit solcher Deutlichkeit gehört, daß er sie in den Schattenwinkeln der Kammer suchte. Nach einem Augenblick der Überlegung machte er aus seinen Kleidern und Schuhen ein Bündel und verließ das Schlafzimmer. Er hatte die Terrasse überquert, als die Stimme seines Vaters ihn überraschte:

»Wohin gehst du?«

Ulysses sah ihn vom Mond blau erleuchtet.

»In die Welt«, antwortete er.

»Diesmal werde ich dich nicht daran hindern«, sagte der Holländer. »Aber eines sage ich dir: wohin du auch gehst, überallhin wird dich der Fluch deines Vaters verfolgen.«

»Von mir aus«, sagte Ulysses.

Überrascht und sogar etwas stolz über die Entschlossenheit seines Sohnes, verfolgte der Holländer ihn durch die mondhelle Orangenpflanzung mit einem Blick, der nach und nach lächelnd wurde. Seine Frau stand hinter ihm, in ihrer eigenartigen Indio-Schönheit. Als Ulysses das Portal hinter sich geschlossen hatte, sprach der Holländer.

»Er wird wiederkommen«, sagte er, »vom Leben gezüchtigt, und zwar früher, als du glaubst.«

»Du bist sehr unvernünftig«, seufzte sie. »Er wird nie wiederkommen.«

Diesmal brauchte Ulysses niemanden nach dem Weg zu Eréndira zu fragen. Er durchquerte die Wüste in vorbeifahrenden Lastwagen versteckt, er stahl sich, was er zum Essen und Schlafen nötig hatte, und stahl häufig aus purer Lust an der Gefahr, bis er das Zelt in einem anderen Dorf am Meer fand, von wo aus die Glasbauten einer erleuchteten Stadt zu sehen waren und wo die nächtlichen Lebewohlrufe der Schiffe widerhallten, die zur Insel Aruba dampften. Eréndira schlief, an den Querbalken gekettet, und zwar in der gleichen Stellung der treibenden Ertrunkenen, in der sie ihn gerufen hatte. Ulysses blieb stehen und betrachtete sie so eindringlich, daß Eréndira erwachte. Dann küßten sie sich in der Dunkelheit, liebkosten sich ohne Hast, entkleideten sich bis zur Erschöpfung mit stummer Zärtlichkeit und heimlichem Glücksgefühl, die mehr denn je der Liebe glichen.

Am anderen Ende des Zelts machte die schlafende Großmutter eine monumentale Umdrehung und begann irrezureden.

»Das war zu den Zeiten, als das griechische Schiff ankam«, sagte sie. »Es war eine Besatzung von Verrückten, welche die Frauen glücklich machten und sie nicht mit Geld, sondern mit Schwämmen bezahlten, lebenden Schwämmen, die dann in den Häusern umherliefen, wie Hospitalkranke stöhnten und die Kinder zum Weinen brachten, um die Tränen zu trinken.«

Sie raffte sich mit einer inneren Bewegung hoch und setzte sich im Bett auf.

»Und dann kam er, mein Gott«, schrie sie. »Stärker, größer und viel männlicher als Amadis.«

Ulysses, der bis dahin dem irren Gerede keine Beachtung geschenkt hatte, versuchte, sich zu verstecken, als er die Großmutter im Bett sitzen sah. Eréndira beruhigte ihn.

»Ruhig Blut«, sagte sie. »Immer wenn sie an diese Stelle kommt, setzt sie sich im Bett auf, erwacht aber nicht.«

Ulysses lehnte sich an ihre Schulter.

»In jener Nacht sang ich mit den Matrosen und dachte, es sei ein Erdbeben«, fuhr die Großmutter fort. »Alle mußten das gleiche gedacht haben, denn sie flohen schreiend, halbtot vor Lachen, und nur er blieb unter dem Asternvordach zurück. Ich erinnere mich daran, als sei es gestern gewesen, daß ich das Lied sang, das alle in jenen Zeiten sangen. Sogar die Papageien in den Innenhöfen sangen es.«

Tonlos, klanglos, wie man nur in Träumen singt, sang sie die Zeilen ihrer Bitterkeit:

»Herr, Herr, gib mir meine alte Unschuld zurück, damit ich seine Liebe wieder von Anfang genieße.«

Erst jetzt interessierte sich Ulysses für die Sehnsucht der Großmutter.

»Da stand er«, sagte sie, »mit einem Makai auf der Schulter und einer Donnerbüchse zum Töten der Kannibalen, so wie Guatarral nach Guyana kam, und ich fühlte seinen Todesatem, als er sich vor mir aufpflanzte und sagte: ›Ich bin tausendmal um die Welt gefahren und habe alle Frauen aller Nationen gesehen, darum bin ich befugt, dir zu sagen, daß du die stolzeste bist und die gefügigste, die schönste Frau auf Erden.‹«

Sie legte sich wieder hin und schluchzte ins Kissen.

Ulysses und Eréndira verharrten eine lange Weile stillschweigend, vom ungewöhnlichen Atem der schlafenden Greisin ins Halbdunkel gewiegt. Plötzlich fragte Eréndira ohne das geringste Zittern in der Stimme:

»Würdest du es wagen, sie zu töten?«

Überrascht wie er war, wußte Ulysses keine Antwort.

»Wer weiß«, sagte er. »Wagst du es?«

»Ich kann nicht«, sagte Eréndira, »weil sie meine Großmutter ist.«

Ulysses beobachtete den riesigen schlafenden Körper noch einmal, wie um das Ausmaß ihres Lebens abzumessen und entschied:

»Für dich bin ich zu allem fähig.«

Ulysses kaufte ein Pfund Rattengift, vermengte es mit Sahne und Himbeermarmelade und schmierte die Todescreme in eine Torte, deren Füllung er entfernt hatte. Dann verzierte er das Ganze mittels eines Löffels mit einer dickeren Creme, bis keine Spur des heimtückischen Manövers mehr zu sehen war, und vervollkommnete die Täuschung mit zweiundsiebzig rosenroten Kerzchen.

Die Großmutter richtete sich auf ihrem Thron auf und schwang den drohenden Stock, als sie ihn mit der Festtorte ins Zelt treten sah.

»Schamloser«, schrie sie. »Wie wagst du es, den Fuß in dieses Haus zu setzen!«

Ulysses versteckte sich hinter seinem Engelsgesicht.

»Ich komme«, sagte er, »um Sie an Ihrem Geburtstag um Verzeihung zu bitten.«

Von seiner gutgezielten Lüge entwaffnet, hieß die Großmutter den Tisch wie für ein Hochzeitsmahl dekken. Sie setzte Ulysses zu ihrer Rechten, während Eréndira sie bediente, und nachdem sie die Kerzen mit einem verheerenden Atemstoß gelöscht hatte, schnitt sie die Torte in gleiche Teile und bediente Ulysses.

»Ein Mann, der Verzeihung zu erlangen weiß, hat schon die Hälfte des Himmels gewonnen«, sagte sie. »Ich lasse dir die erste Hälfte, die Hälfte des Glücks.«

»Ich mag keine Süßigkeiten«, sagte er. »Wohl bekomm's!«

Die Großmutter bot Eréndira das andere Stück Torte an. Die trug es in die Küche und warf es in den Mülleimer.

Die Großmutter aß allein den gesamten Rest. Sie steckte sich die ganzen Stücke in den Mund und verschluckte sie, ohne zu kauen, vor Lust seufzend und Ulysses aus der Vorhölle ihres Vergnügens anblickend. Als nichts mehr auf ihrem Teller lag, aß sie auch das von Ulysses verschmähte Stück. Während sie das letzte Stückchen kaute, tupfte sie mit den Fingern die Krumen vom Tischtuch auf und schob sie in den Mund.

Sie hatte eine Portion Arsenik verzehrt, die eine Generation Ratten ausgerottet hätte. Dennoch spielte sie Klavier und sang bis Mitternacht, legte sich glückselig nieder und schlief mühelos ein. Das einzige neue Zeichen war die rauhe Raspelspur ihrer Atmung.

Eréndira und Ulysses überwachten sie vom anderen Bett aus und warteten nur auf ihr letztes Röcheln. Doch die Stimme blieb so lebendig wie immer, wenn sie irre zu reden begann.

»Er machte mich verrückt, mein Gott, er machte mich verrückt«, schrie sie. »Ich legte zwei Riegel vor die Schlafzimmertür, damit er nicht hereinkommen konnte, rückte die Frisierkommode dagegen, dazu den Tisch, darauf die Stühle, doch er brauchte nur mit dem Ring sachte anzuklopfen, und schon stürzte die Brustwehr ein, die Stühle stiegen von allein vom Tisch, Tisch und Frisierkommode rückten von allein zurück, und die Riegel glitten von allein aus den Angeln.«

Eréndira und Ulysses betrachteten sie immer verwunderter, je tiefer und dramatischer ihr irres Gerede, je vertraulicher ihre Stimme wurde.

»Ich fühlte, von Angstschweiß verklebt, daß ich sterben würde, während ich innerlich flehte, daß die Tür aufging, ohne aufzugehen, er eintrat, ohne einzutreten, er nie wieder fortging, aber genausowenig wiederkam, damit ich ihn nicht zu töten brauchte.«

Sie rekapitulierte ihr Drama mehrere Stunden hindurch, bis in die winzigsten Einzelheiten hinein, als erlebe sie es im Traum von neuem. Kurz vor Morgengrauen dreht sie sich mit erdbebenhaftem Schwung um, und ihre Stimme brach kurz vor dem Schluchzen.

»Ich warnte ihn, aber er lachte nur«, schrie sie. »Ich warnte ihn wieder, und er lachte wieder nur, bis er entsetzt die Augen aufriß, ach Königin!, ach Königin!, und seine Stimme drang nicht durch den Mund, sondern durch den Messerschnitt in der Gurgel.«

Ulysses, entsetzt über die fürchterliche Erinnerung der Großmutter, umklammerte Eréndiras Hand.

»Alte Mörderin!« rief er.

Eréndira schenkte ihm keine Beachtung, denn in diesem Augenblick graute der Tag. Die Uhren schlugen fünf.

»Du mußt fort!« sagte Eréndira. »Sie wacht gleich auf.«

»Sie ist lebendiger als ein Elefant«, rief Ulysses. »Das kann doch nicht sein!«

Eréndira durchbohrte ihn mit einem tödlichen Blick.

»Hier geht es darum«, sagte sie, »daß du nicht mal dazu taugst, jemanden umzubringen.«

Ulysses war so betroffen von der Härte ihres Vorwurfs, daß er aus dem Zelt verschwand. Noch immer beobachtete Eréndira die schlafende Großmutter mit ihrem geheimen Haß, mit ihrer Wut des Scheiterns, während der Morgen sich hob und die Luft der Vögel erwachte. Dann öffnete die Großmutter die Augen und blickte sie mit sanftem Lächeln an.

»Gott behüte dich, meine Tochter.«

Die einzige merkbare Veränderung war eine beginnende Unordnung in den täglichen Normen. Es war Mittwoch, doch die Großmutter wünschte ein Sonntagskleid anzuziehen, entschied, Eréndira dürfe vor elf keine Kunden empfangen, und bat sie, ihr die Fingernägel granatfarben anzumalen und ihr eine hohepriesterliche Haartracht zu bauen.

»Nie habe ich solche Lust verspürt, mich porträtieren zu lassen«, rief sie aus.

Eréndira begann sie zu kämmen, doch als sie ihre Flechten entwirren wollte, blieb eine Haarsträhne zwischen den Zähnen des Kamms hängen. Erschreckt zeigte sie der Großmutter die Strähne. Diese prüfte sie, versuchte sich eine zweite mit den Fingern auszuraufen, und ein Büschel blieb in ihrer Hand. Sie warf es auf den Fußboden, versuchte es noch einmal und riß sich eine dickere Flechte aus. Nun begann sie sich das Haar mit beiden Händen auszureißen, halbtot vor Lachen Hände voll Haar mit unbegreiflichem Jubel in die Luft werfend, bis ihr Kopf aussah wie eine kahle Kokosnuß.

Eréndira hörte von Ulysses erst zwei Wochen später, als sie im Zelt weit draußen den Lockruf des Nachtkauzes vernahm. Die Großmutter hatte Klavier zu spielen begonnen und war so versunken in ihre Sehnsucht, daß sie sich der Wirklichkeit nicht bewußt war. Auf dem Kopf trug sie eine Perücke aus strahlenden Federn.

Eréndira lief dem Ruf entgegen und entdeckte erst jetzt die Lunte, die aus dem Klaviergehäuse heraus ins Freie führte, sich durchs Gesträuch wand und sich in der Dunkelheit verlor. Sie lief dorthin, wo Ulysses war, versteckte sich mit ihm im Gebüsch, und beide sahen mit beklommenem Herzen das blaue Flämmchen, das mit der Lunte entschwand, den dunklen Raum durchquerte und ins Zelt drang.

»Halt dir die Ohren zu«, sagte Ulysses.

Beide taten es, ohne daß es notwendig gewesen wäre, denn es erfolgte keine Explosion. Das Zelt erstrahlte von innen in weißglühender Stichflamme, zerplatzte in der Stille und verschwand in einer Rauchhose aus feuchtem Schießpulver. Als Eréndira einzutreten wagte, in der Annahme, die Großmutter sei tot, fand sie sie mit versengter Perücke und zerfetztem Hemd, doch lebendiger denn je und bemüht, das Feuer mit einer Bettdecke zu ersticken.

Ulysses entkam mit den kreischenden Indios als Deckung, die, verwirrt von den widersprüchlichen Befehlen der Großmutter, ratlos herumstanden. Als sie schließlich die Flammen überwältigen und den Rauch ersticken konnten, sahen sie ringsum eine Ruinenlandschaft.

»Da hatte sicher der Arge die Hand im Spiel«, sagte die Großmutter. »Klaviere platzen nicht durch Zufall.«

Sie stellte alle möglichen Vermutungen an, um die Ursachen des neuen Verhängnisses zu ergründen, doch Eréndiras Ausflüchte und ihre unerschrockene Haltung brachten sie schließlich aus dem Konzept. Sie fand nicht die leiseste Abweichung im Verhalten der Enkelin und dachte auch nicht an Ulysses' Vorhandensein. Sie blieb wach bis zum Morgengrauen, spann Mutmaßungen und stellte Verlustrechnungen an. Sie schlief schlecht und kurz. Am darauffolgenden Morgen, als Eréndira ihr das Wams mit den Goldbarren auszog, fand sie Brandblasen auf den Schultern der Großmutter, und deren Brust war rohes Fleisch. »Nicht umsonst bin ich im Schlaf spazierengegangen«, sagte sie, während Eréndira ihr Eiweiß auf die Brandwunden strich. »Überdies hatte ich einen seltsamen Traum.« Sie zwang sich zur Sammlung, um das Bild heraufzurufen, bis es in ihrem Gedächtnis so deutlich vor ihr stand wie im Traum.

»Es war ein Pfau in einer weißen Hängematte«, sagte sie.

Eréndira war überrascht, setzte aber sofort wieder ihr Alltagsgesicht auf.

»Das ist eine gute Nachricht«, log sie. »Die Pfauen der Träume sind Tiere langen Lebens.«

»Gott möge dich erhören«, sagte die Großmutter. »Denn wir stehen wieder am Anfang. Wir müssen von neuem beginnen.«

Eréndira verzog keine Miene. Sie trat aus dem Zelt mit der kompressengefüllten Schüssel und ließ die Großmutter mit eiweißbestrichenem Oberkörper und senfbeschmiertem Kahlkopf zurück. Sie schüttete gerade unter dem Palmendach, das als Küche diente, neues Eiweiß in die Schüssel, als sie Ulysses' Augen hinter dem Herd auftauchen sah, so wie sie ihn zum ersten Mal hinter ihrem Bett gesehen hatte. Sie war nicht überrascht, sondern sagte nur mit erschöpfter Stimme:

»Das einzige, was du erreicht hast, ist, meine Schulden zu vermehren.«

Ulysses' Augen trübten sich vor Verzweiflung. Er verharrte regungslos und schaute Eréndira stumm an; er sah, wie sie die Eier aufschlug und ihn dabei so starr und mit solch unwiderruflicher Verachtung anblickte, als sei er gar nicht vorhanden. Nach einem Augenblick regten sich seine Augen, musterten Küchengegenstände, die hängenden Töpfe, die Ruku-Bündel, die Teller, das Hackmesser. Noch immer wortlos, richtete Ulysses sich auf, trat unter das Schuppendach und nahm das Messer vom Haken.

Eréndira drehte sich nicht nach ihm um, doch in dem

Augenblick, als Ulysses den Schuppen verließ, sagte sie leise:

»Nimm dich in acht, sie hat bereits eine Todeswarnung erhalten. Sie hat von einem Pfau in einer weißen Hängematte geträumt.«

Die Großmutter sah Ulysses mit dem Messer eintreten, richtete sich mit äußerster Kraftanstrengung ohne Hilfe ihres Stockes auf und hob die Arme.

»Junger Mann!« schrie sie. »Bist du von Sinnen!«

Ulysses stürzte auf sie zu und versetzte ihr einen gutgezielten Hieb in die nackte Brust. Die Großmutter stöhnte laut auf, warf sich auf ihn und suchte ihn mit ihren eisenharten Knochenarmen zu erwürgen.

»Hurensohn«, knurrte sie. »Ich sehe zu spät, daß du das Gesicht eines verräterischen Engels hast.«

Mehr brachte sie nicht heraus, denn es gelang Ulysses, die Faust mit dem Messer zu befreien und ihr einen zweiten Stich in den Rücken zu versetzen. Die Großmutter stieß ein unergründliches Stöhnen aus und umschlang den Angreifer mit vermehrter Kraft. Zum drittenmal stieß Ulysses erbarmungslos zu, und ein unter Hochdruck entweichender Blutstrahl bespritzte sein Gesicht: es war öliges Blut, schillernd und grün wie Minzenhonig.

Eréndira erschien im Eingang mit der Schüssel in der Hand und beobachtete den Kampf mit verbrecherischem Gleichmut.

Mächtig wie ein Steinblock, knurrend vor Schmerz und Wut, verkrallte die Großmutter sich in den Körper von Ulysses. Ihre Arme, ihre Beine, sogar ihr glattgeschorener Schädel waren grün von Blut. Ihr vom ersten Todesröcheln verstörter ungeheuerlicher Blasebalgatem füllte den ganzen Umkreis. Wieder gelang es Ulysses, den bewaffneten Arm zu befreien, rasch schlitzte er ihr den Bauch auf, und eine Blutexplosion übersprühte ihn bis zu den Füßen mit Grün. Die

Großmutter rang nach Luft, die ihr bereits zum Leben fehlte, und fiel aufs Gesicht. Ulysses riß sich aus ihren erschöpften Armen und, ohne sich einen Augenblick Ruhe zu gönnen, gab er dem niedergestreckten Körper den Gnadenstoß.

Nun stellte Eréndira die Schüssel auf einen Tisch, beugte sich über die Großmutter, untersuchte sie, ohne sie zu berühren, und als sie sich davon überzeugt hatte, daß sie tot war, gewann ihr Gesicht mit einemmal all die Reife einer Erwachsenen, die ihr zwanzig Jahre Mißgeschick verwehrt hatten. Mit raschen, sparsamen Bewegungen nahm sie das Goldwams an sich und verließ das Zelt.

Ulysses, vom Kampf entkräftet, blieb bei der Leiche kauern, und je heftiger er sich das Gesicht zu säubern suchte, desto dicker beschmierte er sich mit dem grünen, lebendigen Stoff, der aus seinen Fingern zu fließen schien. Erst als er Eréndira mit dem Goldwams verschwinden sah, wurde er sich seines Zustands bewußt.

Er schrie ihr nach, erhielt jedoch keine Antwort. Er schleppte sich bis zum Zelteingang und sah, daß Eréndira am Meeressaum entlanglief, in die der Stadt entgegengesetzte Richtung. Mit einer letzten Kraftanstrengung versuchte er, hinter ihr herzulaufen, rief sie mit herzzerreißenden Schreien, die jedoch nicht mehr die eines Geliebten, sondern die eines Sohnes waren, aber die fürchterliche Erschöpfung nach der eigenhändigen Ermordung einer Frau ohne jegliche Hilfe gewann die Oberhand über ihn. Die Indios der Großmutter fanden ihn vornübergestürzt im Sand liegen, weinend vor Einsamkeit und Angst.

Eréndira hatte ihn nicht gehört. Sie rannte gegen den Wind, schneller als ein Hirsch, und keine Stimme dieser Welt vermochte sie aufzuhalten. Ohne den Kopf zu wenden, rannte sie am glühenden Dampf der Schwefellachen vorüber, an den Kalksteinkratern, an den schlaftrunkenen Pfahlbauten, bis der Einfluß des Meeres aufhörte und die Wüste begann, doch noch immer rannte sie mit ihrem Goldwams, weit hinaus über die trockenen Winde und die nie enden wollenden Abenddämmerungen, und nie traf die geringste Nachricht von ihr ein, noch fand sich je die winzigste Spur ihres Unglücks.

Gabriel García Márquez
Die Erzählungen

Titel der Originalausgabe: *Ojos de perro azul / Los funerales dela Mamá Grande / La increíble y triste historia de la Cándida Eréndira y de su abuela desalmada*
Aus dem kolumbianischen Spanisch
von Curt Meyer-Clason

KiWi 269

»Márquez ist ein grandioser Fabulierer, bei ihm schmälert das literarische Niveau in keiner Weise die Leselust.«
Walter Haubrich, FAZ

»Berstend voll von Geschichten und Legenden, Realismus und Mythos miteinander verflechtend, ein illusionsloser Schilderer der Menschennatur, aber zu ironisch, um ein Misanthrop zu sein, hat Márquez das seltene Kunststück fertiggebracht, die Achtung der Literaten und gleichzeitig die Liebe seiner weltweiten Leserschaft zu gewinnen.« *Die Zeit*

KiWi Paperbackreihe bei Kiepenheuer & Witsch

Gabriel García Márquez im dtv

Laubsturm

Drei Menschen sitzen im Haus eines Selbstmörders und lassen in wechselnden Monologen die Vergangenheit an sich vorüberziehen. dtv 1432

Der Herbst des Patriarchen

García Márquez zeigt Allmacht und Schwäche einer Staatsmacht, die den Mangel an Legitimität mit Gewalt kompensiert. dtv 1537

Der Oberst hat niemand, der ihm schreibt

Ein kaltgestellter Oberst in einem kolumbianischen Dorf erkennt in seinem Hahn das Symbol der Hoffnung und des Widerstands. dtv 1601

Die böse Stunde

Anonyme Schmähschriften bringen Unruhe in ein kolumbianisches Urwalddorf. Es kommt zu einer Schießerei. dtv 1717

Augen eines blauen Hundes

In diesen Erzählungen sind Einsamkeit und Tod allgegenwärtig, die Dimensionen Raum und Zeit weitgehend außer Kraft gesetzt. dtv 10154

Hundert Jahre Einsamkeit

Die Geschichte vom Aufstieg und Niedergang der Familie Buendía und ihres Dorfes Macondo. dtv 10249

Die Geiselnahme

Ein sandinistisches Guerillakommando preßt politische Gefangene aus den Folterkammern des Somoza-Regimes frei. dtv 10295

Bericht eines Schiffbrüchigen

Zehn Tage Hunger und Durst auf einem Floß allein in der Karibik, ständig in Angst vor den Haien. Eine wahre Geschichte. dtv 10376

Chronik eines angekündigten Todes

Zwei Brüder beschließen, den angeblichen Verführer ihrer Schwester zu töten. Das Dorf sieht zu. dtv 10564

Das Leichenbegängnis der Großen Mama
Acht Erzählungen. dtv 10880

Die unglaubliche und traurige Geschichte von der einfältigen Eréndira und ihrer herzlosen Großmutter
Sieben Erzählungen. dtv 10881

Die Giraffe von Barranquilla
Journalistische Arbeiten 1948–1952
dtv 11355

Die Liebe in den Zeiten der Cholera

Über fünfzig Jahre hat Florentino auf seine Jugendliebe gewartet ...
dtv 11360

Yaşar Kemal
im dtv

Das Lied der tausend Stiere

»Es ist die große Ballade vom Kampf eines Nomadenstammes der türkmenischen Karacullu um ihr angestammtes Winterquartier, das ihnen von den ansässigen Bauern und Hirten immer heftiger streitig gemacht wird ... In einer reichen Sprache, in allen erdenklichen Schattierungen von Freude, Hoffnung und Verzweiflung, von Mut und Niedergeschlagenheit, von Trotz und Ergebung ziehen die Gestalten des Stammes vorüber ...« (Neue Züricher Zeitung)
dtv 10377

Anatolischer Reis

Ein junger Landrat nimmt den Kampf auf gegen ausbeuterische Großgrundbesitzer, die in der anatolischen Landschaft Cukurova ohne Rücksicht auf die verarmte und von Malaria geplagte Bevölkerung riesige Landstriche für den Reisanbau überfluten lassen.
dtv 10704

Gelbe Hitze
Erzählungen

Yaşar Kemal greift in diesen sechzehn Erzählungen die Tradition der Wandersänger und Geschichtenerzähler auf und verbindet sie mit seiner eigenen Lebenserfahrung und dem Wissen um die soziale und politische Wirklichkeit seines Landes zu einem anschaulichen Bild des Lebens der Menschen in Südanatolien. dtv 10933

Die Ararat Legende

Dem Hirten Ahmet, der an den Hängen des Berges Ararat lebt, ist ein wunderschönes Pferd zugelaufen. Ein Geschenk Allahs, sagen alle. Doch eines Tages erhebt der Pascha, dem das Pferd gehört, Anspruch darauf. Seine schöne Tochter stellt sich auf Ahmets Seite ... Yaşar Kemal hat eine alte kurdische Legende neu belebt und zur politischen Parabel geformt.
dtv 11147

Italo Calvino im dtv

Foto: Isolde Ohlbaum

Das Schloß, darin sich Schicksale kreuzen

Der Schloßherr zieht ein Kartenspiel hervor, Tarockkarten. Und plötzlich scheinen die Figuren den Anwesenden zu gleichen. dtv 10284

Die unsichtbaren Städte

»Calvino entwirft im stilistisch knappen und eleganten Filigran seiner 55 Städteportraits eine Vision unserer Welt ...« (Basler Zeitung) dtv 10413

Wenn ein Reisender in einer Winternacht

Ein brillantes Verwirrspiel um einen Lesenden und eine (Mit-)Leserin, die von einer Geschichte in neun andere geraten.
dtv 10516/dtv großdruck 25031

Der Baron auf den Bäumen

Als Zwölfjähriger steigt der Baron auf eine Steineiche und wird bis zu seinem Tode nie mehr einen Fuß auf die Erde setzen. dtv 10578

Der geteilte Visconte

Medardo di Terralba kehrt aus den Türkenkriegen im wahrsten Sinne in zwei Teile gespalten zurück. Zu allem Überfluß verlieben sich auch beide Hälften des Visconte, die gute wie die schlechte, in dieselbe Frau. dtv 10664

Der Ritter, den es nicht gab

Innen hohl, besteht Ritter Agilulf nur aus Rüstung, Kampfgeist und Pflichtgefühl: das Musterbild eines ordentlichen Soldaten. dtv 10742

Herr Palomar

Herrn Palomars Leidenschaft ist das Betrachten; immer treiben ihn seine Phantasie und diskrete Neugier in wahrhaft abenteuerliche Denkspiralen und Selbstgespräche. dtv 10877

Abenteuer eines Reisenden

Auf seine unnachahmliche Art seziert Calvino scheinbar alltägliche menschliche Begegnungen so genau, daß sie zu phantastischen Abenteuern werden.
dtv 10961

Zuletzt kommt der Rabe
Erzählungen

Fesselnde Skizzen von der brutalen Realität des Partisanenalltags während des Zweiten Weltkriegs und prägnante Ausschnitte aus dem Leben der kleinen Leute in der ersten Nachkriegszeit.
dtv 11143